CHUANYUE SHIJIAN DE
HUANXI HUO BEISHANG

赵瑜作品

穿越时间的欢喜或悲伤

赵　瑜◎著

时代出版传媒股份有限公司
安徽文艺出版社

赵瑜，1976年生，河南兰考人，中国作家协会会员。现为河南省文学院专业作家。已出版长篇小说《六十七个词》《女导游》等六部，散文随笔集《小忧伤》《小闲事：恋爱中的鲁迅》等六部。其中《小闲事：恋爱中的鲁迅》一书被中央电视台《子午书简》栏目分五期专题推荐，并入选当当网2009年度文学类畅销书榜单。另有作品获得在场主义散文奖、杜甫文学奖等奖项。

CHUANYUE SHIJIAN DE
HUANXI HUO BEISHANG

赵瑜作品

穿越时间的欢喜或悲伤

赵　瑜◎著

时代出版
时代出版传媒股份有限公司
安徽文艺出版社

图书在版编目（CIP）数据

穿越时间的欢喜或悲伤/赵瑜著.—合肥：安徽文艺出版社，2018.6
ISBN 978-7-5396-6060-8

Ⅰ. ①穿… Ⅱ. ①赵… Ⅲ. ①随笔－作品集－中国－当代 Ⅳ. ①I267.1

中国版本图书馆 CIP 数据核字(2017)第 079955 号

出 版 人：朱寒冬
责任编辑：周　康　　　　装帧设计：张诚鑫

出版发行：时代出版传媒股份有限公司　www.press-mart.com
　　　　　安徽文艺出版社　www.awpub.com
地　　址：合肥市翡翠路 1118 号　邮政编码：230071
营 销 部：(0551)63533889
印　　制：安徽联众印刷有限公司　(0551)65661327

开本：880×1230　1/32　印张：6　字数：180 千字
版次：2018 年 6 月第 1 版　2018 年 6 月第 1 次印刷
定价：32.00 元(精装)

目录

Contents

Contents

第二辑　向外：尺度

Contents

自　序

一

我常常在公交车上被拥挤而又嘈杂的精彩对话惊醒，是波纹，又或者烟花般突然点亮的夜空，总之是瞬间有了写小说的冲动。我觉得，应该立即就下车，坐在公交车站牌那里，撕一张纸，写下一个小说名字，或者将开头的段落也设计好，甚至写下小说的结构以及人物的命运设计。可是这瞬间生出的冲动，并不持久，过了两站，车上的人员稀疏或者愈加稠密了，身边的乘客所谈论的内容变化了，我刚才还跳跃的思维也更换了频道。下车以后，小说的设想已经丢失。

有一次，我看张楚在小说里老写文学青年的种种不堪，就想笑。每每,在公交车上,大家都在盘算着收成或者爱情的时候,只有我,傻乎乎地在想着一个小说的结构。而大家根本又不可能想到,他们身边站着的这位庸常的男人就是一个小说家。我便获得一种隐私的欢乐,这欢乐夹杂着闪烁不定的孤独感,也有着一种缓慢且模糊的情绪。大抵是什么样子呢,是无人欣赏却又不甘平庸的自恋。当然,这种种的心理活动,都过于书面了,想来无聊。

二

有时候,打开我电脑的小说文件夹,便会看到这样标题:《我知道去年夏天你做了什么》《易经》《××先生诗歌赏析》《好事近》《自杀者李青青》《慢慢你就会明白我为什么不吃早餐了》……好玩的是,有些名字下面我并没有写任何内容,只是在这些小说标题的下面一行输入了“赵瑜”两个字,仿佛一张铺开了的宣纸,只写了落款,而内容是一片空白。要写的内容忘记了,对着电脑发呆很久,觉得有些内疚。我一定也想好了一个人物,人物也一定有自己的事情要做,只是当时,我写下标题后,有其他事情,忘记将人物和细节一并记下。怎么说呢,我对一篇小说失约了。我约了小说的人物在某个特定的故事里见面,虽然说是我来写他的故事,我操纵着他的饮食习惯和职业,甚至是每一句台词,可是,在写作的过程中,我会慢慢熟悉他,和他变成朋友的。那么,当这篇小说只剩下一个标题时,我觉得,我将一个朋友丢了。是啊,他一定生我的气了。我有些小迷信，我甚至觉得，现实生活中，我一定也得罪了熟悉的朋友，才会株连到我的小说。小说里的人物，谁能肯定他在现实生活中不存在呢。只要写出来，那么，这个人物就一定是生活着的，有着磁场的，甚至是我们熟悉的。

三

细节，细节是小说的种子，是根部，是表情，是音乐，甚至是灵魂。有很多小说，一开始只是一个生活细节，一直养在内心里。我常常和写小说的朋友交流养细节的经验，甚至，还和朋友相互交换细节。每一个人观察生活的出发点不同，所看到的世界便被切片成为不同的细节。有一个细节非常好，是小说家张浩文讲给我听的，说他们小的时候，那时候，陕西风大，小孩子上学，大人们不放心，怕大风将孩子给刮跑了，便在孩子的书包里装一块石头，很沉的石头，这样，孩子们背在背上，大人便放心了。于是，每天上课的时候，那小学的操场上摆满了一块一块的大石头，一个班级一个班级，十分壮观。张老师讲到这里的时候，我感动极了。这便是细节的力量，细节将我们瞬间带回到生活现场，我甚至穿过了时间的缝隙，到了那个旧年代的操场上，看到了那一排排摆放整齐的石头。

四

小说家，在生活中一定是一个好听众。

五

我几乎所有的写作都是私密的、骄傲的，甚至是孤独的。而小说写作除外。

小说是往干涸的生活里打井，引出水，来灌溉日常生活。这比喻是否有些片面，不过，我喜欢片面。

片面的便是直观的。小说必须从日常生活里来，却要高于日常生活。而当下的日常充满了荒诞，这对小说的写作构成了叙述难度。比起散文写作来，小说讲究气韵，讲究构图，讲究留白。小说是艺术创作的一种，它可以超出个人的生活体验。是的，我们无法写一个银行家的工作手记的散文，但是，我可以写一个银行家的小说，并在小说里将银行家的日常生活描述得细致且稳妥。

这是写小说的乐趣，小说比个人史显得大气，比网络段子显得上档次。小说几乎是一个棋局，每一次开篇布局一个小说，我都感觉，自己是在大街上摆了一个棋局，所有的读者都是我的对手，我不能在棋局里输给他们。不然，小说没法写了。

所以，情商和智商以及审美的公约数，对小说创作至关重要。

这样说真直白，但哲学就是如此，把复杂的意蕴，用最为简洁的词汇表达清晰。

写小说是技术活，是体力活，更是艺术活。笨拙和慵懒是小说的敌人，审美较差，我建议也不要从事小说创作。

大抵如此。

六

结构是小说的建筑样式，是点燃一篇小说的引线，是顺序，更是质量监督。

结构是叙述技巧的另一个说法。小说写作，第一段打开在哪里，故事如果发生在二十四小时以内，从哪个时间段切开这个故事，这几乎决定了小说的品质。

最笨拙的方式是按照时间的顺序来讲故事，这像高速公路的直线设计一般，超过十公里，便会导致司机困顿，除了平庸之外，甚至还有安全隐患。小说的叙述讲究时间的停滞与快进，详与略便将时间的刻度区分开来。

我喜欢琢磨一篇小说的开头，写好了开头以后，我会画一张图，让小说人物在图上沿着故事的时间和空间向前走，会发现，开头要么是早了一些，要么是晚了一些。

于是，只好重新切开这个故事，将小说开头的时间往前或向后推动一下，果然，引线被点燃，我听到小说在内心深处如流水一样涌出的声音。

一个好的结构，让一篇小说的写作变得舒适、深情，甚至完美。

小说只有一个结构，那就是最舒适的结构，如果没有找到那个小说的切口，我建议不要急着开始一篇小说的叙述。

再等一下，在内心里，再养一下这篇小说。

是的，小说需要在心里养一下，养的时间越长，写作起来，会越快速。

七

语言是性格。小说最怕两点，其一是只见语言，这是幼稚病患者的做法，忘记自己是在写小说，恨不能合并同类项地用词，这对小说几乎是一种轻视。这是浅薄。

其二是不见语言，这是平庸的写作者的做法。

如果一篇小说遮住作者，我们根本看不出来这是谁的作品的话，其实，写作的意义是减半的。

小说的语言是隐藏在叙述里的，但这并不意味着，小说家都放弃了语言。

学美术的人写起小说来，会大面积地累积色彩用词，这便是风格。同理，理科生如果写起小说来，一些逻辑思维的词语常常精确而丰富，这也是风格。

语言不仅仅是个人专业背景和知识储备的比赛，更多的是写作者在种植小说时的几滴汗水,是努力经营的刻苦,更是自然而然的天赋。

语言,说到底是一个作品的形容,是仪表的所有。

一个语言粗糙的人写小说,其实,便是对小说的轻视。

八

我喜欢有形式感的小说。我先后用过书信、口述实录、日记等多种方式写小说,我接下来还要继续尝试的方式有:电报、招聘广告、举报信、纪录片、说明书等各种式样的形式来写小说。

我觉得,小说的形式感,是对叙述难度的一种挑战。

好的形式,让本来平常的小说情节有了曲折感。这符合小说写作的本意,小说写作的本来并不是写一个多么传奇的故事,而是怎么写一个故事,并让这个故事具备传奇的意味。这区别极大。所以,"怎么写"比"写什么"更为重要。

我曾经这样尝试过一次,用七封信写了一篇小说。

七封书信,都是同一个人写给另外一个人的情书,书信的时间差异,将故事的顺序定了下来。书信内容既可以前后有联系,也可以完全没有联系,这样便形成了大量的留白。而这种留白在小说创作时是必要的。

将所有的细节都写出来,那不是小说,是回忆录。

所以,有了书信这样一种形式,这篇小说便有了自己的独特结构,也有了语言的可辨识度,更有了留白的艺术。

所以,同样是写一个婚外恋的故事,因为这七封信的隐约,使得这个故事脱俗,且有了丰富的可想象空间。

九

小说的风格便是作者的风格。

小说创作和其他写作不同的是,中短篇小说写作的动因是主观的,而不是像散文、诗歌那样,想念家乡的某个食物了,写一篇散文。失恋了,心碎的声音在夜晚时彻夜响个不停,怎么办呢?起来,记录下自己的心路历程。这种发泄式写作几乎不涉及技术层面。

而小说却不,小说是写作者由自然主义写作到技术主义写作的过渡。

每一个从事小说写作的人,都是经过一定文字训练的。而接受过文字训练的人,主观地创造一种有着形式感和审美追求的小说,这必然经过风格的练习。

长时间在西北地区居住的人和在长江下游居住的人,所写出的小说风格定然是不同的。因为风物的差异、时间的差异,更为重要的是,心境的差异。

细想起来,小说的风格也一定和小说里的那个人物的出生地相关联。

在中国，江南作家的小说，唯美，沉静，缓慢。所谓，岁月静好，虽然被用至庸俗，却仍然是极好的形容。因为静，所以好，所以有了小说的风格。

同理，北方被雪覆盖过的麦子，经冬之后，在第二年春天成长的历程，也一定会影响这些地方长出来的小说风格。

说到底，小说的风格和气候、食物、风向以及人性的地域偏执有关，是小说作者没有刻意便养成的一个创作习惯。

十

我不止一次地给初学小说写作的人推荐麦克尤恩。是的，他的那册《最初的爱情，最后的仪式》，八篇小说，是作者二十八岁时完成的作品，当时，麦氏正在读写作课的研究生，模仿了八个小说大师的作品，因为加入了他个人的风格元素，所以便成了我们读到的模样。

八篇小说，几乎每篇都是杰作。麦克尤恩的语言，干净，诗意，湿润，一句一句的，几乎都是神的孩子。

自然，我还要说起卡尔维诺，他的《我们的祖先》三部曲，将小说的叙述难度和想象力都推向了极致顶峰。我个人一直认为，卡尔维诺是无人可超越的大师。

自然，还有故事读来非常舒服的福克纳。福克纳的小说开头，都是故事的最佳切入方式，他仿佛拿自己的小说练习过，写过多个开头,并在其中挑了最为舒适的一个开头。还有一个闲笔写得超棒的小说家,只不过,在每一篇小说里都要杀一个人,她叫奥康纳,三十九岁那年,她去世了。

卡佛也很好,这个酒鬼,我怀疑他的小说都是酒后写的,所以,他的小说看起来,从来没有开头也没有结尾。我常猜测,他写的小说应该都是完整的,也许是喝多了,吐在了小说稿件上,投稿的时候,才发现稿子上有污秽,于是,便将小说的开头和结尾撕掉了。结果,便成了现在我们看到的小说样子。

姓卡的仿佛都是大师,卡夫卡自然也是。卡夫卡将中短篇小说写作推向经典化。他的天赋将他与一般的写作者区别开来。

要列的话,经典的小说家还有很多,比如,刚获得诺贝尔文学奖的短篇小说大师门罗,是个家庭主妇,她用自己的经历告诉我们,家庭主妇的文学修养是最高的。

玩笑。

小说是艺术的、天赋的,但同时也是技术的、体力的。

小说不是小声说话,是小心说话。是的,不小心的话,就平庸如常了。

第一辑　向内:温度

之一:生命是一场被误解的演出

——虹影作品《好儿女花》阅读札记

在个人史的描述里,最大胆的不是夸大自己的过去,不是将往事涂上铁锈,以突出自己当年的辛酸异常;也不是将自己的小聪明拼命地修饰,只通过丰富的词语嫁接出灿烂的传奇。最大胆的书写是忠于自己的个人史。贱的不抹去,贫穷的生活不刷上物质的油漆,一直保存在记忆的抽屉里。

以前总是在一些女性写作的文本里看到身体,那些被评论家用了过多惊叹号来吹捧的美女写作者的大胆,不过是停留在身体的外部,她们的大胆千篇一律,毫无新意:不是在卫生间里发生一场性事,便是不停地变换身体剧场的男主角。事实上,这种虚构的大胆是小儿科,不涉及内心的生长,不涉及灵魂的曲折及变形,一切都不过是一场意淫。

而流离在国境之外多年的虹影一直在用一支大笔记述她的个

人史。她的笔墨大胆之至，她发来她的《好儿女花》，我被她的文字惊吓到了。

她的大胆是对我的一种侵略。那些文字从母亲的个人史出发，那琐碎又疼痛的生活，被时间晒干成一声又一声叹息。

虹影是私生女，母亲一生有过多个男人。这使得母亲有了丰富的矿藏，在那样一个意识形态紧绷又恶劣的时代，虹影目睹了母亲全部的演出。那关乎伦理与欲望的细节成了她以后创作的矿藏，她的前期的文字，无论是气息还是词句，都是从母亲的河里打捞出来的。

《好儿女花》也是如此，开头便是母亲的死。她从北京坐飞机往重庆赶，然而，不论她如何追逐，也没有追上母亲的远去。

媒体报道此书时，以小说论，大约也是作者的意思。但我看不到小说的模样。整部作品，从开始到结束，再到中间的插叙，都不过是散文常用的手段。

散文并不拒绝局部的修饰。完全照搬生活的写作几乎无法进行，哪怕是日记，也不过是对生活局部的截取。真相在时间的流水里融化，过后的叙述，只能无限接近，却无法抵达。

好儿女花是一种常见的花朵，在我的乡下，这种花大约是用来染指甲的。在虹影的乡下，这种花有着和她母亲身世接近的名字，又叫作“小桃红”。虹影用一个近乎风月的花朵名字暗喻了她的母亲，这是一种大胆。虹影在作品中写到生活窘迫时自己的模样，这依旧是一种大胆。最为大胆的是，她用录音笔一样的笔调记录了世俗情状下的兄妹感情、母女之情以及让人难以想象的底层生活秩序。

虹影在作品中塑造出来的大姐,荒唐而真实,自私而又热情。小姐姐跋涉在一条没有方向的婚姻岔路口。虹影的大胆不是极端地缩小人性的恶,又或者适度地夸大人性的善。没有,她的大胆用在了对生活的真实着色上。

我一直把此作品当成散文读,读到母亲出殡的时候,内心大恸。在房间里来回踱步,不能再接续下去。虹影在《好儿女花》里的文笔简短、坚硬,让我想到明清笔记小说。之前,我看到的她的文字是柔软的、诗意的,这样对语言的选择,让我想到她对婚姻的舍弃。诗意遇到盐,遇到泥泞的乡村世界里的母亲,遇到旧时的自己,便显得多余和小气。

我被虹影散淡而细琐的描述打动:"……母亲成了一个骷髅头和一堆灰,被坑板原线送回来。火化加冷却,花了一个小时。工作人员用铁铲敲碎骷髅头,他招呼我们几个儿女进入里间,亲自拣骨灰。我看那工作人员的脸,发现他奇丑无比,他凭什么拿着铁铲朝母亲的头猛击？他头上'要对遗体轻放小心'的标语是做什么的,我马上想到那个举着六十五斤重木板朝母亲头砸去的'文革'造反小子。他和一尺之外那个工作人员一样,下得了手,中国人太多,人连东西都不是,不管在什么时候、什么时代,都一样。可这两个人不知,这次他们击碎的不仅是我母亲,还有我……"

出殡时的点唱也是如此,像一场聚会。母亲在棺材里躺着,亲人们在一旁打麻将、相互埋怨,间或亲密地相互帮助、用血液里流出来的最贴母亲的方式亲昵、唱歌、嬉笑。

死亡成为一场热烈的演出,而所有的观众都在误解着这场演出。虹影特地写到了一个戴着眼镜的女邻居,生活中或者真有其人,她一直自称是“革命群众”,她看不上虹影母亲用美貌换取美好的生存。甚至,她自始至终地认为虹影的母亲是个“烂货”,哪怕是虹影成为一个作家,出了名,她仍然理直气壮地表达着她的审美,认为,虹影是大“烂货”生出的小“烂货”。

虹影的好在于,她只是这样记录下那些话语,平淡接受的姿势让人动容不已。她没有气愤地在作品里辩解,她没有半点矫情。

她的文字让我想起我们每一个人的人生,不论是光辉还是丑陋的。其实,我们每一个人都不过是别人眼中的一个婊子。我们如何能解释自己,如何能把别人误解的部分打开,这成了多数人奋斗的目标。

然而虹影的母亲没有,她忠于自己的内心。她喜欢两个男人,而刚好,两个男人也默契地喜欢着她。虽然生活用各式各样的布纹将他们织成了不同的布料,但一想起内心里的喜欢,却仍然是温暖的。

这种喜欢充满了油烟味道,又充满了传奇色彩。这种喜欢怎么可能被人理解?

从母亲的死出发,又回到母亲的死,一切文字都像母亲那棵树上结下的果实。虹影只是摘下来,给母亲吃。

在这部长篇"散文"里,处处散发着虹影对母亲的依赖。除了食物、旧时风物和习俗,还有无法考证的一些传说。譬如,她写她母亲的项链被抢了去,自己做主,将结婚戒指送给了母亲。她的原话是这样的:"我怎么可以把结婚戒指给人,即便这人是母亲,也不能。迷信一些的话,婚戒掉了,就是婚姻丢了,我把自己的婚姻丢了,这能怪得着他吗?"

近些年,越来越觉得世事的模糊和不可言说。越是鄙薄的越不能用清晰的词语去概括,越是漂亮的清洁的东西,却觉得那些东西里透出一个"假"字。

生命总是吸纳灰尘才有重量,所谓的纯洁,也不过是浓郁之后的淡。《好儿女花》是一部大作品,它差不多洗掉了所有的脂粉,只剩下生活本来的模样。

而我们这些坐在剧场里等着演出开始的观众,又如何能体会到那世俗生活里包含的单纯与善意、挣扎与无奈?

之二:婚姻出逃者的奢侈记录

——鱼禾长篇小说《情意很轻,身体很重》阅读札记

婚姻像一块磁石一样,将我们每一个人内心里储存的热爱慢慢吸食掉,用时间将我们遮掩了很久的懒惰、放肆、自私、荒诞一一揭开,露出个体的刺。那刺在彼此的肉体里隐约着,不时地提醒着身体的存在,却又不时地阻挡着我们往愉悦的感觉里走,疼痛。

张爱玲说,婚姻就是长久的卖淫。她是在恶意诋毁婚姻吗?不是,她不照旧也找了一个叫作胡兰成的男人,索求了一纸婚约。想来,婚姻是人类文明史最为持久的一种消耗自己的方式。数百年来,人类经历过不同方式的婚姻革命,却仍然不能找到最为合适的两性结合方式。

鱼禾,这个经历了一次失败的婚姻,身体里长满了感情的刺的女人,她是如何对着镜子描述自己的婚姻的呢?那么,你翻开这册《情意很轻,身体很重》即可。

写作者鱼禾是一个重视内心生活的人,从她的个人史便可以看得出。她懂得舍弃对自己没有营养的工作和生活情节。是的,她十分在意自己的内心生活质量,我要列举一下,大致包括色彩、节奏、食物、气息、场域、衣饰、舞蹈的四周、起伏的光线、俗世的舞台等等吧。她在意时间在她身体里的变化过程,她观察时间里的自己,体味在舌尖以及内心里的渐渐暗淡的日常,觉得自己仿佛被婚姻的灰尘覆盖,有些喘不过气来。

她试着妥协,却丝毫不起作用。她试着写作,用标点断开正在暗淡的生活,试图找到属于自己的颜色,果然,在网络上,她用自己的文字建筑了黑夜和感情浓郁的村庄,这个村庄里第一个客人便爱上了她。

这是她的小说,也是她的生活。

在生活里,我是认识鱼禾的,她冷静,说话的时候声音靠着喉舌的后部,舒缓、沉郁,那是经过瞬间思考后发出来的声音。她的感性也刚刚好,对一切使得内心丰富的事情均不拒绝。这两个侧面,在《情意很轻,身体很重》里均有恰切的描述。比如,她写到对婚姻的厌倦:"我忽然觉得两个人这样亲密无间显得滑稽:两个人,各自拖着一具远远不够完美,甚至是不堪入目的身体,每天混合使用同一堆碗筷,使用同一个厕所,还要夜夜睡在一张床上,贴着搂着,倾听对方的呼噜或者梦话,互相坦陈全部的身体细节,半夜或者早上醒来,蓬头垢面、满嘴秽气地说话……我的天,这简直是太滑稽了。"

我相信这些感受的产生，这种强烈而复杂的感受一定重复地出现在鱼禾的日常里，才导致她在文字里记下这些。

她在《情意很轻，身体很重》里写了大段大段的自己，那个自己是镜子里的，也是过往的，是虚构的，却也是真实的。

鱼禾的文字让我想起虹影，想起杜拉斯，想起茨维塔耶娃。她们均有打开自己的嗜好，她们仿佛十分信任自己的感官，将冷暖的人生体验刻意储存起来，等到合适的机会便释放它们。

夜深的时候，阅读这册《情意很轻，身体很重》，会觉得一个阅读并写作的女人的确可怕。有一本书的名字让我兴奋，我想起来了，它叫作《阅读的女人危险》。是啊！阅读，就像长时间照镜子一样，总能够发现隐藏在表情里的瑕疵。一个与日常生活的瑕疵朝夕相处的人，怎么可能不厌倦这瑕疵呢？

对于写作者鱼禾来说，她发现自己的瑕疵是她的婚姻。

她写下了它，她把自己当作野地里的蔬菜，自己揪着自己的头发，将自己拔了出来。泥泞和疼痛，她自己消化了，剩下了什么呢？总有些体温无法彻底从身体里消除，像一根扎得并不深的刺，想起来时，便隐隐作痛。

婚姻之后，她遇到了一段热烈而又传奇的恋爱。我喜欢看她的恋爱叙述，在《情意很轻，身体很重》里，她几乎是轻描淡写地将这段爱情展开。我懂她的意思，她在一个感情的圈套里上了当，她觉得自己丢了什么。但是，她并不打算找回来。

鱼禾在《情意很轻，身体很重》里打捞了自己，修饰了自己，甚至重构了自己。夜晚的时候,我觉得,她就坐在我的对面,给我讲述这些。我无法打断她,也不能嘲笑她,关于婚姻,关于感情和身体,她都有刻度很深的表达,我喜欢她。

然而故事说的是什么呢?是,一个女人,给第三个男人,讲自己前两个男人的故事。

大体就是这样。

之三：其实，我是个演员

——棉棉作品《熊猫》阅读札记

百度一下棉棉的名字，会有很多意外的收获，比如，她写自己的学历：高中二年级。

这种自认为的学历大约给了她自豪感，又或者说，她故意将自己拥有的东西少说出一些，以显示她有能力对抗这个世界。

棉棉的写作在新世纪初出名，她和卫慧等一批70后美女作家被热爱命名的媒体捧红。棉棉是最有话题的一个。当时的她，大约在一个电台做主持人。这影响到她的写作。比如这部小说《熊猫》。《熊猫》竟然是由无数个录音片断组成的。这么形式主义的文字，除了个性，它很难承载更多的意义。

阅读这册修订版的《熊猫》，我十分庆幸地阅读到棉棉的自序：时空是个幻觉。

写作对于一个女性来说是一件特别宿命的事情，差不多，只要是具有自我认知意识的女性都有虚构自己的倾向,或者在日记里,或者在更为广阔的文本里。棉棉也是这样一个女性。

她在自序里讲述了她与写作的关系,一开始是表达的、自然流露的、幸福的。是啊,那时的她刚刚成名,和写作的关系单纯,充满了理想主义倾向,并不清楚自己可以走向哪里。而后来,写作成为一种表演,越来越远离她最初的想象。写作不是她以为的那样,像电视剧中的女一号一样,有各个部门的人围绕着她转。写作只是一种普通表达方式,甚至,它并不比一个交通警察更有干预能力。于是,她退回到生活内部,寻找可以成为小说的一切素材,她幻想着,她可以将生活中的一切都写进小说里,比如声音、色彩、隐私的尖叫、路人、熟悉的地点、电影片断、服装店、朋友的名字或者故事、食物……她仿佛找到了文学的田野,她准备好了一个录音机,将生活里的一切都录下来,以备将来写作时应用。

我相信,这是她写作《熊猫》的起始。

生活被录音机截取之后,一定会显得虚假。是的,我们每一个人都很少遇到自己的声音。如果不小心,有朋友将我们的声音录下来,播放给我们听,大致可以猜测到结果。那声音会让我们崩溃,是陌生感。

《熊猫》就是这样一部作品,棉棉在这部作品里虚构了很多个场景,每一个场景几乎都是对生活全部的截取,它美化了生活,还是丑化了生活,这无法评价。正如她自己所说:“我本来以为记录会让写作变得容易很多,但事实并非如此。因为真正令人发疯的并不是我的写作,而是现实本身。”

这话充满了幽默,现实的逻辑已经不似过去那么僵硬,被物质完全融化的现实有着出人意料的流向,生活时刻有被污染的危险,我们该如何赞美它。

《熊猫》是一个拼贴生活的写作尝试,在这部作品里,它没有集中的主题,没有高潮的设置和让人泪流满面的桥段。它有的是充满了棉棉智慧的语言碰撞,差不多,任何一段,都能吸引我们。我们会在棉棉的对话里分辨出,哪个是棉棉在白天的模样,哪个又是她在夜晚时的模样。

棉棉自己也承认,她写出的所有女孩子都有她自己的影子,她甚至为自己是个好演员而兴奋舞蹈。

作家阎连科说,写作其实是对他人人生的一种偷盗。而棉棉不仅是那个偷盗者,而且还是一个演出者。在一个又一个录音片段里,棉棉让故事有了发展,甚至是绝望的结局。《熊猫》里有一个臆想出来的病毒,那病毒来历不明,却让男人失去欲望。

这是这部作品叫作《熊猫》的原因,因为熊猫性欲不强,据说一年只做两次爱。

这真是一个绝妙的名字啊,我佩服棉棉。

之四:爱是一封永远寄不出去的遗书

——王晴作品《别了,我的文艺女青年》阅读札记

写作是一个向内心跋涉的行程,多数人都会从一个起点出发,向多个目的地行走,到达不同的景致里,用累积的行走拓展视界,一点点使自己的文字完美厚重。

也有一些人,选定了某个未知的旅行地址,便不再回头,一直深入,遇到沼泽或山石也不停下来,直至进入内心的某个夜晚,或是情感的伤口,或是漫无边际的绝望,走不出来。想来,这样的人,便是所谓的文艺男女,偏执稍显苍白,坚持而又兼荒诞。他们或被写作伤害,或被感情伤害,总之,他们敏感、脆弱,属于都市情感易碎品。

翻看这本《别了,我的文艺女青年》,有黑暗中冒险的气息。写作者王晴将自己切开来,一片一片,镶嵌在文字里,成为内心照相簿。我喜欢这未知的文艺气息,像一首歌谣的开头部分,带领我们

进入某段倾诉里。

王晴在小说的开篇便写了一封遗书，这几乎是对我们生活的这个时代的一个留言。一个在内心里跋涉累的人，一个在物质生活里遇到精神困扰的人，一个情感无法得到丰沛雨水的女人，她用理智而清晰的笔墨，给自己的亲人、友人，甚至相遇过并微笑着点头的陌生人写下了这样的遗书。然后，她遇到死亡，和另起一行的勇气。

故事也是从她的另起一行开始的，在小说里，又或者在现实生活里，王晴遇到了她生命中的一味解药，她的君王，她精神的储藏罐。

这部小说的结构简单，似乎显得缺少起伏的框架，像一条沿途有好看风景的河流，独独少了一些曲折的美感。

王晴是一个内心丰富的人，一次情感的磨砺给了她看世界的梯子。对于世事，她有一种出离的姿态。这注定了她的写作不会陶醉在光怪陆离的物质生活里，或者传奇十足的都市聊斋里。她的写作充满了思辨，哪怕是遇到了中意的男人，哪怕是内心已经被温暖，她的文字依旧是淡淡的，像随时可以抽身出来看看自己："行至楼下，他竟没有任何突兀地，停车，锁车，像回自己的家一样自然。把手放在我的肩上，上楼。手掌温暖，怀抱宽阔。一个有灵魂的人，无须像那些徒有空壳躯体的男人，为得到一个女人费尽心机，有人用的是手段，有人用的是心，这个差别极好分辨。"

看到这样的一段文字，王晴的模样清晰起来。这是一个随时都准备着遇到怀抱的女人。可是,她却对那个张开的怀抱挑剔之至。又可是,一旦选定了,她又会陷入其中,成为爱情的主语,似乎想占尽所有的形容词、好听的情话、浓度夸张的糖分,甚至是永远不过保质期的长久。自然,这是超现实主义的。好在,她很快意识到了这一点,在小说里,安排了一个又一个小悲欢。

在《别了,我的文艺女青年》一书的后记中,王晴写道:“这本书,我写得无比快意,附身于女主角之上,成为其中一分子。我是她,她是我。同时她又不是我,因为更多时候的我一抽身,就必须回到现实,就看到了指向凌晨 4 点的时钟,我想我该睡觉了。可惜,我却失眠了。”

爱情,事关身体的一场记忆,它自然关涉陷入者的睡眠,但它更是写作者自己的一封遗书,即使是将所有的情话说尽,将全世界时钟的按钮都停下来,它也会成为过去,成为时光里的点滴灰尘,只有我们停下来,擦拭自己的青春时,才发现,我们已经走得太远,再也回不去了。

所以,写作者王晴最后怅然地写下了这本书的名字:别了,我的文艺女青年。

啊,啊,啊,那好吧。

之五：每个写作者都会死在自己的小说里

——瓦当小说集《多情犯》阅读札记

我宁愿将《多情犯》当作一部顺序被排错了的长篇小说。很不巧，这部长篇小说的主人公隋遇，他有时候又会给自己起一些逛夜店时用的假名字，比如叫德家，又或者瓦当。

这部小说集呈现了被城市生活湮没的十八个生活片段。是片段，阅读的时候，我常常不自觉地将自己的经历往小说情节中套现。总觉得，某一天，我在火车上坐着，目的不是去旅行，而是要奔赴瓦当的一部小说。

作者瓦当是一个诗人，他擅长捕捉城市灰尘里的孤独感。手机里一个陌生的短信，在夜晚成为他个人的谜语，他写在小说里。还有一次次的艳遇，更是孤独的证词。城市太大了，一个人如果不停下来看看方向，会被城市湮没。

我在《圣诞快乐》里看到某一年圣诞节的瓦当，他一会儿活在日常生活里,“他捡起桌上的一张不知从哪儿来的扑克牌,折来折去。那是一张梅花 Q,他把两个手持蔷薇花的阿金尼王后对倒、重叠在一起,又小心翼翼地把她们分开,从缝隙里偷看她们的表情”。是啊,我相信这是瓦当干过的事情。据他口述,他还练习过篆刻,仿佛,凡是将生活可以刻下印迹的事情,他都热爱。然而,在这篇小说里,我还看到更多的在城市漂泊的孤独者,他们在狭窄的内心里装下数不清的秘密,直到有一天,那秘密膨胀甚至爆炸,将一个平凡的个体炸到了报纸的社会新闻版,又或者成为朋友们私聊的主要内容。

“多情犯”是一个泛指,我确信这一点。因为他面目模糊,头发很长,开着一辆破旧的二手车,甚至连他的儿子都只能凭借着猜测来证明他是谁:“我知道了,你是爸爸,对不对?”然而正是这样面目模糊的人,又将瓦当自己的忧伤全部呈现。我喜欢《多情犯》里那个算命的人,那是一个超出了小说文本意义上的人物形象。尽管在这个小说里,作者试图用一个悲伤的故事来总结自己的某段经历,但因为这个算命的人,我们可以看出写作者的某种出世的偏执,他明明知道了故事的走向,却偏不向世俗生活让步。这多么让阅读者感到愉悦和珍惜。

如果非要在《多情犯》里挑一个最喜欢的小说,我会挑出《湮灭》,我看到了一个完美的叙述。世俗生活中的我们,在城市里,总会遇到暧昧不明的感情。表面生活和内心戏相距千里,在别人看来般配的情侣或者恋人,而内心的生活却疏远、芜杂。城市用物质生活排序一切,所谓的价值和道德,在必须生存的层面成为附属品,最后只能在日常生活的暗处慢慢萌芽。直到有一天,当小说中的男人和女人都具备了条件,才会在某个城市的酒店里激情一番,用身体覆盖彼此。当彼此分开,回到各自的日常生活里,我们看到一个又一个内心死亡的僵尸,他们被城市打上职务,扔进某个办公室里,扮演着另外的自己。

“城市”进入中国小说文本不到百年的时间,印象最深的只有张爱玲。是啊,她活在一个有故事的年代,炮火将“流离失所”的疼痛感都逐到了报纸的副刊上,所有的城市生活记忆比起没有尊严的战争史来说,简直没有值得抒情的余地。

然而,当下,当中国城市化进程加快,当我们在城市的大小街巷寻找着自己的内心生活时,我们突然发现,有一个叫瓦当的写作者,他手持摄像设备,录下了他自己的孤独,甚至一次又一次内心死亡事件。

我不由得感到庆幸,如果再过去几百年,有谁还记得我们生活的这个庸碌而无品质的城市记忆?还好,现在有了这本《多情犯》。我真想把它埋起来,以备将来有人研究我们这些漂泊在城市里的乡下人的小忧伤。

之六:一切坚固的东西都不会烟消云散

——盛可以小说集《可以书》阅读札记

盛可以在作品里藏得很深,几乎阅读过她作品的人都会认为,这是一个尖锐的女人,她对质地坚硬的形容词有着异乎寻常的嗜好,仿佛,她的书写是为了对世界柔软的部分进行袭击。

翻开她新出版的小说集《可以书》,我们也会有这样的发现,这个女作家在小说里干了不少“坏事”,从标题便可以窥出她的锐利来:《干掉中午的声音》《唯愿中年丧妻》《快感》。

然而,这些标题的背后却藏着一个纤细的内核,日常生活中的盛可以并不如小说文本里所表达的这样强悍,甚至有些柔软。这在她的一些犀利的文本里也偶尔绽放,比如她对女人的衣服的描述、音乐的选择以及饮食的嗜好,都会一不小心地暴露出她柔软的一面。

请原谅我用索引派的阅读思路,这源自我和盛可以曾经有几个月近距离相处。我们曾经多次谈论起一个美国女作家，叫作奥康纳。这也是一个热衷于在小说里杀人的女人，我们共同喜欢上这位女作家的一个小说名字：《好人难寻》。呵，那可是一篇杀人如麻的小说。

在这部《可以书》里，盛可以也用多篇小说杀人。最初发表于《收获》杂志的《白草地》写了一个荒诞的事实：妻子长期给做业务员的老公喝一种雌性激素；而《唯愿中年丧妻》中，一群男人则经常带着情人私会，在酒醉的间隙来交流愿望，那愿望竟然是：中年丧妻。

这种种去道德化的叙述自然会制造阅读的快感，正如小说家张楚在这本书的序言里描述的那样，阅读盛可以的小说，常常会惊得出汗。

不是盛可以讲故事大胆，也不是她对那些有金属气息的形容词的占有欲，而是她不按常理出牌的逻辑。她的叙述以及遣词造句都是一种天赋，和后天的训练无关，她是一种无拘束的写作。这也正是我喜欢盛可以的原因，她是一种放肆的、姿态轻松的写作。她不必迎合读者，更没有主题先行或刻意编造的冲动，她有的多是从日常生活的细处切开一个口子，用自己锐利的语言做刀具，深入，再深入，直到流出血来。

我不得不挑出我最喜欢的这个短篇的名字：《缺乏经验的世界》。这几乎是盛可以的自传体小说，是写作者真实的经历，又或者从听来的故事中取一个片段移植到某段记忆深刻的旅行中。这篇小说讲一个成熟的女性在火车上艳遇到一个年轻的男孩,运动员。若是在成年男女之间,无论说些什么随意的话,都可能成为半夜敲门的密码,可是遇到这个年轻男孩,成熟女性发现了交流的障碍。当女人暗示或者诱惑这个男孩子的时候,发现,由于缺乏经验,他根本听不懂她的暗示。这是一个有趣而向内的体验,然而,盛可以却用了近乎执拗又陌生的语言来处理这个故事,使得一个庸常甚至透露着身体气息的艳遇有了非同寻常的意义,成为"盛可以标本"。

小说集的最后一篇《兰溪河桥的一次事件》完成于 2010 年 7 月,而第一篇 *TURN ON* 则写作于 2002 年 3 月,时间跨度很大,只需要仔细对比这两篇,便可以看出盛可以的变化:她试图将自己对形容词的爱好淡化,然而却去不掉骨子里对坚硬词语的选择。

小说写作者是一个偷窃者,有时偷窃别人的时间,有时偷窃别人的人生经历,但有一点是不变的,那便是小说家偏执般的对某些词语的爱好,这些词语是小说家在人世的最大储蓄。盛可以的语言存折里便储存了这样一大批质地坚硬的词语,她用这些建筑了她的内心世界。随着时间过去,那建筑可能色泽暗淡,又或者更加朴素,却不会烟消云散。

从这个角度说,盛可以在一开始写作的时候,便有意在某处墙上刻下了自己的名字。直到有一天,我们作为读者,在她的小说文本里看到她刻下的那道印痕。

之七：一棵开花的树

——付秀莹小说集《爱情到处流传》阅读小札

有一阵子，我见了人就会推荐一枚中篇小说，叫作《旧院》，我说得迫切，说："你必须得看！"果然，我强势的推荐很有效果。不少人就范，他们读完以后激动的表情我还历历记得。彼时，我们一群人，都在北京东四环八里庄南里的一个院子里学习。每天必谈论小说的篇目多枚，我的推荐干预了不少人的阅读。

这篇小说的作者叫作付秀莹，她生得好看，内向，长于微笑。当时的她，正在文学圈到处流传。她的一枚短篇小说《爱情到处流传》传阅率极高，被转载，被赞美，获奖。那小说是一篇美文，有舞蹈感。在小说里，付秀莹以一个孩子的视角窥视到父亲和四婶的隐秘爱情，而母亲却用最为聪明宽厚的方式将这段秘密封存了起来。这个故事里盛开着各色各样的小花朵，付秀莹便是那个数花朵的孩子。是啊！在她的眼睛里，有很多生活都无法去判断或者读懂,更无法去阻止或助推。她只能待在生活的暗角,将这些日常里的花朵摘下来,晒干,成为以后去念想的标本。阅读付秀莹的文字时,我常常会无端地陷入自己的童年,那些无力感和幸福感交集的空间里,也一定储存着我没有写出的美好故事。又或者,在发呆遐想的瞬间,会想起一些爱情电影的名字,比如《西西里的美丽传说》《那年夏天宁静的海》。

然而,当时的我,最喜欢的还是那篇《旧院》。在那个中篇里,付秀莹几乎写完了自己的前半生,那些个触手可及的人,一直就活在她童年的某个季节里。他们在那个旧式的院落里用言语的碰撞和世俗的生活态度展示了人性的温暖底色。如果付秀莹的人生是一张彩色的胶片,那么,我知道,她的童年生活是她全部的显影剂。而这些色泽丰富的人世通过付秀莹的刻摹,便有了别样的滋味。

付秀莹,在中国文学几近式微的时候,却凭借一篇《爱情到处流传》而走红。这和她文字的风味有关系。付秀莹的好在于她是自然主义的写作,她的小说里所流露出来的气息是沈从文的,是汪曾祺的,又或者是明清笔记小说味道的。

她和别人不一样,她不专注于叙事的策略,而专注于故事生长的自然过程,那些小说里的人物所遇到的阳光、原野以及秘密,都是她触摸过并且信任的。她写到这些风物时,内心是打开的,不需要在内心里虚拟这些场景。

是的,阅读付秀莹的时候,我们会被她笔下的气味以及色泽暗淡的乡村生活吸引。比如多次在她的小说里出现的麦秸垛,在《爱情到处流传》里出现过,在《小米开花》里也出现过。其实,每一个生活在北方乡村的少年,都有一个属于自己的麦秸垛。

《爱情到处流传》这部小说集里的大多篇目我都看过的,而《小米开花》却是头一次。躺着看的时候我被惊呆了,改为坐立着阅读,生怕里面的一些美好的字眼跑掉了,盯紧了看。终于,被小说里某些细节打败,伤感了好久。小说里的小米被付秀莹逼迫在了一个非常困窘的人生空间里,几乎每一次动身都充满着危险。是的,我读到了人生里最为打开的写作,那种饱满而又有力气的感觉像阳光一般,我要说的不是阳光的温暖,而是特指它的免费。付秀莹小说里所有美好的段落都像可以免费使用的阳光、空气和理想。理想自然也是免费的,只要你想拥有。《小米开花》好像一张中奖率达百分之九十的福利彩票一样,付秀莹选中了女性启蒙中最为重要的一个"情节"来描述。小说的主人公小米是一个"性" 意识初开的女孩,她就像孕妇很容易就发现了同样大着肚子的女人一样,小米因为嫂子的怀孕而有了自己的性意识。然而,当一个孩子有了自己的性意识以后,再来看四周的世界,小米便在身体里找到了另一个自己。甚至,她还发现,哥哥与嫂子的亲密让她有一股非常不自然的敏感。

我相信,这个小米长大了以后,也在付秀莹的其他小说里出现过,比如《花好月圆》里的桃叶,比如《世事》里的小刁。因为,她们两个都有着天然对男女感情的紧张感,这自然让我联想丰富。

通过小米的眼睛,付秀莹发现了嫂子给孩子喂奶时,父亲连忙躲避的事情。又通过小刁的眼睛,付秀莹给我们描述了一个盯着自己家保姆的主妇的模样。付秀莹长于在人的内心里来回游走。她有着天然的敏感,给我们展现了一个充分放大过后的“暧昧”的世界。

付秀莹的句子也好,常常在叙述一件事情的时候,突然就来一句:“怎么说呢?”是啊,怎么说呢? 她笔下的世界并不阔大,不过是三两个人在日常情景下的交融,却又在这窄狭的空间里写尽了人情的淡寡与浓郁。

读付秀莹这册《爱情到处流传》,时时都能闻到小说里她本人的气息。她笔下的世界像一棵开花的树,她往往只写树上的某一朵花开放的过程。

一棵树就是一个世界,而一朵花的盛开便是这世界上某种色彩生成的过程。我喜欢付秀莹的小说,她创造了独属于她的语言,花朵一样的语言,有着香气的语言。她也创造了独属于她的故事,树一样的故事,开着花朵的故事。

你要读一下《旧院》,真的,很美好。

之八："英雄双行体"的写作尝试

——蒋子丹长篇小说《囚界无边》阅读札记

一个小说写作者，将自己正在进行的作品放到网上，却得到了一个80后女读者的批评，因为小说内容涉及一对80后年轻情侣的QQ聊天记录，80后有深切的体验，认为作家写得过于亲昵了，不自然。然而，这位读者竟然边读边猜测故事的走向，甚至和作者成为朋友，甚至在小说完成以后，还和作家见了面。

这是我在作家蒋子丹新作《囚界无边》里看到的一个情节，我称之为"英雄双行体"。是的，《囚界无边》是作家蒋子丹化名"老猫如是说"在天涯社区舞文弄墨论坛版在线写作的一部长篇小说。正因为是写一章便贴到网上，所以，诸多网友七嘴八舌的评论左右了作家的创作，而这些与网友交流甚至线下交流的过程，也被蒋子丹当作文本记录在小说里。除了阅读这个看守所里三教九流人员相互碰撞出的故事以外，我们从另外一行的作者注释里，也阅读出这个故事在写作上读者广泛的参与。

一个在美国居住的网友,注册了一个网络ID“老猫你好”,专门跟帖,说自己曾经在国内的看守所里待过,能为写作者蒋子丹提供素材。于是,作家和读者又一次深度交流。直到最后,蒋子丹在小说里写到一个杀人情节,她没有足够的生活经验,无法合理虚构犯人在管理严格的看守所里如何能找到杀人的用具。这个时候网友“老猫你好”给蒋子丹提供了一个“核心的细节”,便是让犯人将自己身上穿着的毛衣拆了,用毛线勒死对手。这个细节制造了故事的曲折走向,也将整个小说的情节推向高潮。

蒋子丹是一个动物保护者,在这部深度挖掘人性阴暗的长篇里,她仍然用浓郁的笔墨来描写两条狗的命运。这是一个发生在看守所里的故事,这样一个耐人寻味的窄狭空间,给叙事制造了难度。然而,这部作品却张扬了女作家擅长内心戏的刻摹。在这部作品里,多个人物形象都如刀刻般印在纸上,世故的所长、干练的副所长、文艺腔的狱医、讲义气的“牢头”及各式各样的犯人。可以想象,将这些形象立体的人物放在一个封闭的空间里,让他们碰撞,自然会有各种意外和插曲。

蒋子丹在这部书的后记里说道,每天都要在网上更新小说情节,诸多网友的期盼也刺激了她的写作。她很享受这种“临屏写作”所带来的快感,这种快感,除了故事中人物的走向所带给写作者自己的感动以外,更有阅读者真诚的伴随和建议。在“英雄双行体”的最后一个章节《暂别网友》里，蒋子丹特地摘了网友“辛子萱”的一段话：“看到老猫说要收工，我惦记着：沈白尘能救得了黑狼吗？细虎的命运又如何？安莺燕的病也不知道怎样了，和彪哥又会是怎样的结果？朱彦华丽转身之后，会对陈山妹的案子和命运有影响吗？戴汝旦和老纪会有后续吗？鄢嫣和沈白尘策动周小乔的救援计划能否成功？我还惦记阿克迈……张不鸣是一张大牌吗？看张所长这名字‘不鸣’——不鸣则已，一鸣惊人——会是这样吗？”

有心的读者，几乎从这一段跟帖中读到了小说的故事梗概，而这种认真的阅读，更是对写作者的一种提醒，提醒她不能在情节上有大的纰漏。

我喜欢这种开放式的小说写作方式，不仅仅将清晰流畅的故事呈现给读者，而且也用另起一行的方式交代了整个故事创作过程中写作者所遇到的疑惑、障碍，甚至是如何与阅读者交流互动，并借助于读者的智慧，将整个小说建筑的高潮叙事设计得完美动人。

巧合的是，“英雄双行体”也是一个在网络上流传的术语，具体的枝节大家可以去搜相关的视频资料。但用在蒋子丹最新长篇《囚界无边》里，最适合不过。

每一个故事的讲述者,都有自己知识的长处,也有自己的短板。而《囚界无边》让我们看到一个作家,是如何借力打力,将自己的短板拉长的。

我觉得,这部作品注释部分的内容甚至大于故事本身,所以,我热情地推荐它。

之九：头脑简单者，不要打开此书

——乔叶长篇小说《拆楼记》阅读札记

尘世中，最慢的是活着，活着就要经历很多意外，比如乔叶的最新长篇——《拆楼记》。

起初，小说发表在《人民文学》杂志上，意外的是，此小说有个新鲜的标签："非虚构小说"。这真是一个矛盾的命名。将这两个水火不容的词语放在一起，大抵是为了注释乔叶的笔法。它暗含了两个层面的意义，这部作品里的大多数情节是真实的，非虚构的。而之所以命名它为小说，是因为，小说是以第一人称来写的，而里面的有些人物显然并不能索引对照。

这是一部正在进行的小说，和当下纸质媒体里的报道相辅助，对于《拆楼记》里呈现的细节，我们一点也不陌生。"拆哪"，这个英文发音已经成为网络语言，成为一些民生新闻后面的网友点评常用词。

从山西一名博士生的父亲在强拆中被打死,到前些日子作家阎连科在北京郊外的房子被拆。以发展的名义侵犯私权的事情已经屡见不鲜。这次,终于拆到了乔叶的家里。

这终是一个不易讨好的写作视域,且不说内幕的揭开有种种限制,仅仅满眼的负面新闻已经将阅读者的胃口给倒掉了。除非是更为惨烈的诉说,否则没有进入乔叶的文本之前,我有些担心这场阅读的行程,会不会低于生活。因为,在中国当下,现实主义与歌功颂德仅一墙之隔。然而,意外的是,乔叶的姿势,几乎是以录音笔和摄像机进入。那些嘈杂且带着羞耻感的生活现场一下子唤醒了我的记忆。乡村生活、被挤压在生存边缘的人性、亲人间已经被量化了的亲情等等。我一直有些紧张的神经被乔叶的文字疏解,我在她的叙述中发现了自己。

《拆楼记》是一个个体利益与国家利益博弈的故事,发生在经济基础相对薄弱的河南省乡村,所谓的公民精神、秩序与文明都需要暂时存放起来。因为,“非自愿性质”的牺牲在农村屡屡发生,且无法清算,那么,处于物质丰富且消费主义已经完全被启蒙的当下,还想在乡下鼓励“共产主义”式牺牲“小我”显然也是一种不道德的行为。乔叶完全进入一个“小我”之中,小说以第一人称叙事,讲述了她帮“姐姐”先建房子,再利用政府拆迁补偿的机会赚钱的故事。

这是一次完全打开的写作,不仅仅是写作者个体的经历和情感,包括小说的文体。是的,这部长篇小说巧妙地引用了“公文”,

并增添了大量的注释。这些注释使得小说有了复式建筑的感觉。

然而，让我感动的不是这些写作形式的创造，而是小说中处处溅出的人性深邃的浪花。这些人性中或阴暗或明媚的部分是一面镜子，照见了我们自己。相信多数阅读者读完以后都会失意的，因为之前的预设在这部作品里都没有得到验证。

乔叶是一个温暖的写作者，但正因为她深谙人性里的自私和阴暗，才舍得将作品写得充满暖意吧。她善于捕捉躲藏在人眼眸里的一丝犹疑或不确定，然后将这些情绪用饱满的文字写下来。比如小说里“姐姐”没有主见，凡事必短信她的从众心理，以及一点点小钱便跨越不了的心理障碍。

四户人家筹措了八万元借给村支书弟弟的那节，像极了一幕电影，全部的台词都精彩绝妙。借钱给村支书的弟弟，让他带头建房子，这样村支书便不会找大家的麻烦了。这一招拖人下水的办法如同一盘录音带一般，清楚、饱满，充满了戏剧性。

著名评论家李敬泽在这部长篇的序言中，一语击中了我：“乔叶写了一部不那么讨人喜欢或肯定不讨人喜欢的作品。乔叶当然知道讨人喜欢的作品怎么写，别忘了她是《读者》的老牌签约作家。实际上，作为小说家，一直有两个乔叶在争辩：那个乖巧的、知道我们是多么需要安慰的小说家和那个凶悍的、立志发现人性和生活之本相的小说家。现在，是后一位小说家当班。”敬泽老师马上解释了这部作品不讨好的原因，是，它让阅读者不停地在作品里发现自己的羞耻感。虽然，我明明知道乔叶写的是别人的故事，可是面对诱惑时的态度影射到了我,小说中“姐姐”或者其他人物的心理影射到了我的亲戚。

每一个有过乡村生活经验的人,都会被罗列到这部小说中。是的,乔叶写下了全部的我们,至少,她在用自己数十年的人生经验书写她所能撕开的人情与世故。

同是河南人,我喜欢这部作品里的方言,那些方言是光,能照亮人。当然,我也喜欢这部作品里绝不平庸的叙事策略,以及温暖叙述时所暗藏的野心。

这是一定的,在没有下笔之前,乔叶一定是想好了的,要在这浮躁的物质世界里写下人性中最易变化的部分。她做到了。

李敬泽的序言里有一段话,我非常喜欢,摘下来,作为结束语合适不过:“凡惧怕注视自身的人,不要打开此书……凡戴着言词和公论的盔甲,永不卸下的人,不要打开此书……凡头脑简单者,不要打开此书,此书会把他们简单的头脑搅乱。”

之十：感性女人阅读指南

——蒋一谈小说集《栖》阅读札记

如果你是一个偏于感性的女人，你有没有这样的冲动，在看到一次完美而诱人的婚外情之后，你也有去模仿的冲动。我恰好在蒋一谈的新书《栖》中遇到这样一个女人，好玩的是，我们是同行，“她”是某个刊物的编辑，她在读完英国女作家吉根的小说《南极》后，也想模仿着小说的女主角疯狂一次。

小说名字叫作《温暖的南极》，故事打开后，呈现的便是一个女人的感性视角。我想停下介绍，说说这个小说在现实生活里有无可参照批阅的版本。其实，这样的女人有很多。我的一个女同学因为喜欢黎明，在现实生活里一直束之高阁，直到遇到一个姓黎的追求者，她在结婚前，唯一的要求，竟然是要求男人将身份证上的名字改为“黎明”。

这样有喜感的事情，现实生活中比比可拾。

女人多是感性动物,这极大地激发了男人的研究欲。作家蒋一谈便是一个热情的参与者,我深信,每一个男人都比女人更了解她自己。因为女人照镜子的时候只喜欢照局部的自己,或者衣服的颜色,而极少观看自己的裸体、声音或者眼神。

我在蒋一谈的小说里听到了不少女人的声音,她们每一个人都是颜色鲜艳的叶子,有自己清晰的纹路和轻盈舞动的节奏。

如果在这部小说集里挑选一篇我最喜欢的,我会选择《夏天》。这部作品里的女人是一个孩子的母亲。她有着一个单身母亲的一切气息,比如希望自己的孩子有阳刚的一面,比如看到一个幼小的孩子会本能地想去抱住,又比如会不停地面对寂寞的身体。这是一篇有着日常生活气息的小说,在这篇小说里,蒋一谈用了很多内容来填充女人的内心,那么丰富,又那么柔软。

相比较《夏天》的饱满,《驯狗师的爱情》则是一曲轻音乐。整篇小说写一个感情的瞬间,是一个新感觉的小说。女驯狗师夜遇一只小狗,然后又遇到小狗的主人。而小狗的主人竟然是一个流浪画家。女驯狗师几乎是在一瞬间被流浪画家的某个理想感动了。她奋不顾身地想成为他的女人,试图和流浪画家一起去流浪。然而,等到真正要出发的时候,她才发觉,她所有的感性都停留在自己圈定的价值参照系里,而这个世界上并不是所有的叶子都往同一个方向飘,她犹豫了,她放弃了,她回到了她自己。

放在开篇的小说《茶馆夜谈》是一篇非常耐读的小说,坐在茶馆谈话的两个人,分别是母亲已经分开的男友和女儿。小说以女儿的视角进入，不论是对话还是故事的结构都简洁且有设计感。小说既分析了男女之间的感情，也用复线描述了母女之间的感情。女儿的母亲虽然没有出场，却已经清晰地被两个人的对话画在了读者的眼前。自然，这又是一个感性的女人，不信，你听听她对女儿说的话："同样一根香烟，男人和男人不同，吐出的烟味也不同。"这真是一个绝好的比喻。

蒋一谈在解释《栖》这个书名的时候说了一句：我们的感情究竟栖在哪里？这个设问句里已经有了答案。感情栖在哪里，栖在这八篇小说里，还是栖在日常生活的碰撞里？我更倾向于后者，因为，《栖》里的女人，每一个都有着属于当下的生活样态，她们就在日常生活里，在我们的身边，在歌声里，或者一段泪光里。

我喜欢男性作家写女人，他们多会从女人的内心出发，绕过身体来表达爱情在她们的一生中所占据的比重。

每一片被风吹过的叶子都是舞者，每一个被小说家发现的女人都是感性的。《栖》中的八个故事几乎倾情展览了所有女性的感性尺寸和对待感情生活的态度，她们像酒水在杯中泛起的气泡，像音乐开头的舒缓地带，像水果的第一口的滋味。

《栖》，一个男人笔下的女性情状，收藏了几乎所有女人的感性标本。阅读了《栖》，差不多阅读了大多数女人的故事，它是一本女人的感性地图，也是一册可能让女人迷失自己的指南。它是会让部分女性读者迷失在某个故事里的。这样也好。

之十一:纽扣店里的中国

——王安忆小说集《众声喧哗》阅读札记

在一个细微的切口里呈现更为宽广的意象,这是小说家必须要做的工作。小说不是纪录片台词,更不是游记和编年史,小说是叙述的工艺品,是用绳子串起故事的手工活。

说到底,小说是文体中的梦境,既有可能是封闭的,也有可能是开放的。《众声喧哗》是王安忆的一个小说试验,她将一个博大的中国筑在几平方米的路边小店里。她甚至将整个中国的喧哗和虚荣封闭在这样几平方米的纽扣店里。

作为一个后入行的小说写作者,我着迷于王安忆的叙述。王安忆的叙述节奏是有乐感的,无论是过门时的小波浪,还是故事主要情节时的背景音乐,都有着全部感官打开的细密感。王安忆的写作,不但挑战叙述难度,更是彻底打开了感官,将眼耳鼻舌身意全化成文字,这文字有色彩、有声音、有气息。

叙述难度，特指王安忆在小说里设置了一个有着语言表达障碍的欧伯伯。有着三儿一女的欧伯伯脑梗后有了语言障碍，平时说话呢，差不多只能说一句“不可能的呀”。

然而，就这句“不可能的呀”却又表达着不同的意思。利用自家楼下的几平方米的橱窗位置开了纽扣店的欧伯伯是一个观察整个上海的摄像头。是的，作家王安忆利用欧伯伯的眼睛来观察上海这些年来的变化。王安忆给欧伯伯设计的这个店铺几乎是公益的，却适合一个病人。纽扣店轻松，几乎零消耗体力，又因为不怎么盈利，所以也不会忙得晕头转向。但总会有那么两三个客人，在柜台外看一看，挑一挑，既打发了时间，又直播了观念和审美。

所以说，对于这个柜台外面的客人来说，欧伯伯这个窗口是一个旧式的电视机，只有一个关于纽扣的频道，传统守旧。而对于欧伯伯来说，这柜台外的大街便是卫星电视上不同的频道。客人问价格的时候，自然是购物频道；而没有客人的时候，有时候是剧情复杂的警察剧，有警车路过；又有时候是伦理剧，有女人因为琐碎的事情吵架。

在这样的一个狭小的空间里，王安忆有着非常强大的建筑理念，她用开放式的思维建筑了这样一个几乎随处可见的小纽扣店。

“纽扣”，这个几乎没有实用价值的、细小到被忽略的生活用品，几乎是另外一个时代的符号。纽扣象征了“慢”生活。是 20 世纪 80 年代上海弄堂里的生活常见物。所以，当欧伯伯的纽扣店堂而皇之地出现在上海街头，自然会与快节奏的当下生活碰撞。比如,会有一些热情又有钱的年轻人,看到行动不便甚至苍老的欧伯伯一个人在这里卖纽扣,恻隐之心大起,于是乎,甩出一沓数量不少的钱来,对着欧伯伯说,要将他店铺里所有的纽扣都买下。这自然是想帮助欧伯伯。可是得到的答案却是否定的,欧伯伯摇着头,说出那句经典的台词:“不可能的呀!”

《众声喧哗》写了一个语言有障碍的老人,遇到了另外一个也有语言障碍的年轻保安的故事。年轻保安和欧伯伯一样,因为轻度的口吃,最后变得性格自闭和内向。这影响到他的工作和生活,以至于三十五岁仍找不到对象。

欧伯伯的语言障碍把他逼迫在自己家楼下的这个小橱窗里,而保安的语言障碍也迫使他离群孤单。磁场相同的人最终到了一起。这符合中国当下的分众学原理。所谓分众,就是开车的人吃饭的地点与坐公交车的人吃饭的地点是不同的。有孩子的女人和没有孩子的女人关心的商品类别也有较大的差异。这便是快节奏的当下生活为什么将人分成物质属性和性格属性。

保安的离群性格势必让他在工作中处于被动的情状里,果然,不久,他被一群热爱打麻将的同事拉下水,开始接二连三地输钱。善良的人一旦染上恶习,会将性格里隐藏的恶释放出来,比如,小保安就差一点走上歪路。

好在,有欧伯伯的敲击,还是那句“不可能的呀”,就将他的全部的人生经验的教训都说出来了。能听懂欧伯伯的话的人,不多,保安是一个。

而真正让他们沉默又单调的生活出现转机的，是女主角六叶的出现。这个在上海街头摆摊的东北女孩，这个被贫穷压迫过，却又享受了大城市一切美好月光的时髦女人，给欧伯伯和保安带来了新的生活频道。

六叶是一个熟悉时尚的沪漂小贩，她在上海街头的风雨中练就了一张如风似雨的嘴，她这张嘴一打开，就把欧伯伯的小店说成了意大利时装发布会的现场。王安忆贴着六叶的鼻息来写，几乎是摄像机一般，录下了她的话："有一句实话我对你说，现在反正也没有外人，其实我这里的衣服，就是品牌，货真价实！意大利、法国、美国、日本、韩国的订单不是下到我们的制衣厂吗？一般都会多做，做了自己销，看啊，商标都剪断了，就为了稽查大队来检查，涉及侵犯知识产权的风险，否则怎么会是这个价格……"

六叶和欧伯伯打交道的过程呢，也浓缩了整个中国这数十年来都市村庄的场景，一个租房子的女孩子与房东的利益争执。自然，欧伯伯并不是一个苛刻的房东，这多少减弱了戏剧性，也同时降低了故事的精彩度，但是，仅仅是善良的人与善良的人之间的碰撞，已经成为缩影。

《众声喧哗》，虽然没有写到整个上海的群像，却写了上海本地人生病后的欧伯伯、上海本地人保安和漂泊在上海的小贩六叶。这三个人便是三个阶层的代言人，他们在上海有着相当多的利益共同体。

抛下保安与六叶的悲伤的爱情结局不说，单单是，六叶在城市里打拼，而保安偷偷相助，以及欧伯伯在关键的时候让步的做法，也温暖地展示了，城市化过程中，长期在城市里漂泊的异乡人，总会因为城市的温暖底色而不愿意离开。

中国知识分子普遍对城市有口头上的憎恨感，但在现实生活中，又依赖城市生活的便利、卫生以及对精神生活的保障。作家王安忆却表里如一地来刻画人物和生活。她不讨好底层，更不讨好市民。她只是如实地记录下作为中国最大城市的上海，在细节处的变化。

如果这个小说的结局是悲伤的，那么，整个故事的底色，却是温暖的。王安忆将城市生活中大家都忽略的善意写出来了。

小说虽然切口极小，写上海街道旁边的一个小橱窗，写疾病后的欧伯伯与一个保安以及一个服装小贩的交往。但是，借助于这样的一个故事窗口，王安忆几乎写下了中国的城市简史。

欧伯伯一家的历史便是上海的发展史，六叶个人的历史便是外来妹在上海的漂泊史，而保安的个人史呢，又是上海底层民众的特写。

一部小说，用这样狭窄的空间，完成了如此庞大的隐喻。我们不能不说，作为小说家的王安忆，她已经超越了技术层面的写作，而转向了打通生活关节的写作。

我喜欢《众声喧哗》，这是一部大师级的作品。

之十二：与青春有关的日子
——韩少功长篇小说《日夜书》阅读札记

每一个作家都有自己的青春期的吧，那是一个缺乏经验的世界。

在最新长篇《日夜书》里，作家韩少功重新梳理了自己的青春期经历，用近乎湿润的桥段为我们搭建了一段“与青春有关的日子”。

一、缺乏经验的世界

韩少功的小说创作有着浓郁的“故乡”情怀，知青生活成为他一直深挖不止的富矿，然而，他却从未专门写过爱情。坊间常有人据此猜测他对爱情的隔膜，然而，《日夜书》是韩少功对自己“青春期”的一次全面检阅。一个成名多年的作家，第一次真诚地面对自己的青春岁月,该如何叙述,是刻意隐瞒还是拼命炫耀呢,是矜持回味还是羞涩呈现?然而都没有,作家韩少功贴着自己的青春,回到爱情的现场,真诚地再现了知青生活里的各种感情姿态。

比如他写"我"与小安子的一段爱情未遂经验。当时,小安子带着"我"去一个长辈离世的人家里混吃的。夜深回家,过一个山坡的时候,小安子伸手给"我",让"我"拉一下她。结果,孤男寡女,小安子对"我"突然生出一些感情上的依赖。女孩子嘛,在孤独的夜晚,总是希望能有人帮助自己分去一些孤独感。小安子就对"我"说:"陶小布,我们这样子有点像深夜私奔吧?"

然而,在这样一个夜晚,"我"所想到的不是私奔,也不是女人的身体气息,而是:"小安姐,你……你要让军哥掐死我啊?"军哥是小说中小安子的男友。

一个已经在情史上非常丰富的女人,面对一个感情储备完全空白的男孩,那么,所有的对话都是一个无解的方程式。缺乏经验,又或者情商不足,就相当于身体处于"饥饿状态",而一个连身体饥饿都没有解决的人,你和他来谈论感情、理想,甚至是朦朦胧胧的罗曼蒂克,简直是惩罚。

在《日夜书》里,韩少功充分地展示他刻画爱情的能力。甚至,他一改往常的文风,在行文里增加了不少青春期伴随时的温润和青涩。比如,在描述郭又军与小安子谈恋爱的过程时,他便写出了所有文艺青年的恋爱标本,或者是开户账簿。

小安子叛逆、独立且文艺，放在当下便是小清新和小资的综合。而郭又军呢，显然是吃苦耐劳型的经济适用男。他们的恋爱自然是女欢男爱，女人负责任性，男人负责宽厚。有一天下了雨，郭又军打好了饭，去找小安子，遍寻不到。一直走了很远，才在白马湖水闸旁找到了正在雨中散步的小安子。不打伞，淋得全身湿漉漉的，郭又军以为小安子有不开心的事。然而事实却并非如此，这一段的对话精妙之至，抄录下来：

“散步？……你什么时候不能散步？”

“雨中散步别有滋味，你不懂。”

“你看你这两脚泥。”

“平时哪有这沙沙沙的雨声？”

“那你……打把伞吧。”

“打伞，有点傻吧？”

“你会淋出病的。”

“讨厌！你这样跟着我，我还怎么散步？”

“你走你的，我不妨碍你。”

“郭大傻，一个人散步，两个人散步，感受根本不是一回事，你知不知道？你是不是还要拉一支队伍来游行？”

“那我到那边去等你。”

“我成了什么了啦？是你放的牛？放的羊？”

结果呢，小安子果然病了，而郭又军便有了机会悉心照料，一而二，二而三，三生万物，包括爱情。爱情大概就是如此的过程。

二、与青春有关的日子

《日夜书》是韩少功版本的《与青春有关的日子》，韩少功喜欢用特写镜头来处理人物的表情，比如对小安子，他几乎用粗犷的方式来拍摄她的语言、表情和动作。然而，在《日夜书》里，关于小安子，最为丰富的照片不是对着小安子本人拍摄的，而是对着一个放牛娃拍摄。好玩的是，那放牛娃的头上戴着的，正是小安子的乳罩。

这一切要从小安子的懒惰说起，小安子不喜欢洗衣服，如果和当地农民一样在溪水边用捶衣板来捣浣衣服，那也太费力气了。小安子想了一个法子，就是用绳子系住一件件的衣服，吊入哗哗的水流中，让水自然冲洗衣服，相当于现在的半自动洗衣机。可是，第二天早晨，她去取衣服时，发现因为昨天下雨，水流增大，将她的一半衣服都冲到了下游。她沿着河找了半天，只找回几件满是泥巴的衣服。丢了的衣服呢，有一件乳罩，被放牛娃捡到，那孩子根本不知这乳罩是做什么用途的，绑在头上挺好玩的。

除了懒惰，这些知青在与当地农民打交道时还不诚实。一到赶集的时候，那些朴实的农民便会怕这些城里来的“痞子”。这些知青的坏是常用自己的知识来欺负当地的百姓，买东西的时候，常常用一个磁铁暗中贴着那个秤砣，这样，一块钱便能买到两块钱的东西。这还不算，更过分的是一些“饿死鬼”，在集市上买了一个包子，吃完半个，假装失手，却又“恰好”跌落在卖家的油锅里。这样的好处是，等到这半个包子捞上来，便可以吸人家油锅里的油，可以借此香香地饱吃几口。

如果是在村头街上遇到其他村庄或者乡镇的知青，这些年轻人，会比赛着吹牛。一开始呢，是审美的比赛，友好得很。争着付账买东西分享，装深沉似的相互背诵人生感悟或名人名言，什么“命运不过是一杯苦酒”，什么“不在沉默中爆发，就在沉默中灭亡”……

两个本陌生的知青，遇到以后，借助于村里的一个熟人做中介，瞬间便能成为朋友。之后呢，到河边或者小树林里去谈论人生。

然而，正当双方的朋友都在猜测又一对孤独的灵魂得到解救的时候，两个人从树林或河边回来了，不但没有甜蜜相伴，而且是气呼呼地分开，临分开的时候，狠狠地骂对方一句：“骗子！”这边呢，听到以后，也反驳说：“冒牌货！”

如果这两个人翻了脸，那么，不久后再遇到，便不再热情地相互介绍了，开始审丑比赛——比赛吹牛。比如一方挑衅地问对方读过《斯巴达克思》没有，对方会嘲笑说这通俗文学有什么好谈的。这边马上又问读过《新阶级》没有，对方轻蔑地说读过两三遍，还不太熟悉。这边问你知道谁是索尔仁尼琴不，那边答，你是说《伊凡·杰尼索维奇的一天》还是《玛特辽娜的家》呢，你要是想听，我都可以讲给你听。

反正一问一答,表面是讨论知识和阅读,却都带着一股子青春期的肤浅。

《日夜书》是一种对“青春”进行祭祀的写作,韩少功采用了《史记》“传记”的方式。对青春记录簿上自己记忆深刻的所有朋友都做了画像式的素描,也写出了一代人的怅惘和幸福。青春是我们每一个人出发的地点和姿势,韩少功用《日夜书》这样一部作品,作为自己的青春账目表,他盘点完了,让我们这些后来的阅读者一起收下。除了这些生动幽默的人,还有那个时代的灰尘。那些灰尘和荒唐,几乎硌疼了我,或者我们。

之十三：小说的建筑样式

——墨白长篇小说《欲望》阅读札记

在《小说的艺术》一书里，米兰·昆德拉得意于自己对小说结构的理解，他高调地宣布，他的某部小说的结构和一个著名乐曲的节奏相同。他甚至用手绘出了那音乐的音符段落。

乔伊斯在他的名作《尤利西斯》里，更是尝尽了各种菜式，成为一个风格复杂的长篇“怪胎”，没有办法用常规词语来形容他的写作，评论家们只好起了一个安全又形象的名字——“百科全书式写作”。

的确，相比较中短篇小说，长篇小说所涉及的外形特征一度是人们热衷于关注的。而相比较中国传统的章回体小说，以及以评书为蓝本的旧长篇，我更喜欢欧美文学的叙事风格。叙事风格的不同，会让一个曲折的故事呈现更多的风貌。

先锋小说家墨白的长篇小说《欲望》便给我们呈现了长篇小说

的建筑感。

在《欲望》的第三节《别人的房间里》,墨白采用了大量的笔墨写信件、调查报告、有着修改痕迹的诗歌,甚至还在报纸上发表的评论。

长篇小说负责为读者提供更为曲折的故事情节,这是通常的小说样式。然而,墨白的小说则用拼图的方式来为读者勾画故事,阅读他的小说,读者需要打开自己的感官,和作者一起贴近故事中的人物,一起用力,让故事的画面一点点立体呈现,复活在眼前。

我喜欢这样有叙事难度的作品,在《别人的房间》这一节里,小说里的人物米慧给死者黄秋雨的信件,一封一封,用慢镜头一样的方式推进着故事的行进。这些虚构出来的信件沾着写作者自己的体温,极为考验叙述耐心,若是不小心写得急了,那么,这些信件里的内容跳出正在行进的故事,则是一场叙述失败。

而墨白写作的美好之处在于,他不仅负责虚构这些信件,而且还虚构了自己来读这些信件,甚至还在这些信件里做一些批示和提醒。这样一种复调的写作,让阅读者产生双重感受,一种是读者和写信人米慧之间的感情碰撞,第二种是读者对“作为阅读者的写作者”的一种打量。小说在这样复式叙事的框架下,对阅读者造成了智力挤压,同时也制造了双重诱惑,如果信件的内容缺少了信息量,那么,读者可以从正在“阅读”这些信件的小说中的阅读者的视线中看出其他感受来。

诗歌是小说的另外一种叙述情绪。在《欲望》里,诗歌一直是男人和女人交合前后的分泌物，它沾满了爱液和情绪。米慧的诗多是疼痛，比如那首《疯长的相思》，开头便是：哥哥/在我所有的疼痛里/你最深/夜夜相思疯长/我疼/红豆灿灿。

这样疼，这样直白和热烈，自然是身体的相思了。而米慧恋上的画家黄秋雨也写诗。小说家墨白不仅要替一个陷入不伦之恋的女孩写诗，还要再换一副笔墨，替恋爱中的老男人黄秋雨写诗。如果这算是叙事难度的话，那么，依照小说里的人物身份来定制一组诗歌，这应该是最大的难度。这里的诗句不仅是要符合小说情绪，更要贴着小说人物的眼睛和呼吸。

黄秋雨的诗歌评论发表在当地的日报副刊上，这又是一种话语方式，一个地方小报副刊，所发表文章的篇幅以及腔调均是有定式的。

更有趣味的是《关于黄秋雨社会活动的资料》，这一束类似于新闻剪报体的个人活动新闻报道将一个人悬挂在更多的人面前。尽管这些新闻都刊登在报纸上，但真正注意看的人并不多，不过是熟悉的人看到报道之后，对黄秋雨最近的动向多了些了解，相当于一个群发的短信息。

《欲望》的叙述复调像极了建筑上的走廊，既可在下面避雨乘凉，也可以在走廊下面赏月论诗。走廊让房子有了延伸。同样，除了小说人物本身的视角之外，在《欲望》里，墨白虚构出一个作家“谭渔”的形象，并以他的视角对全篇小说进行了统一的设计，这种多视角下的小说结构,使得原来需要以时间顺序来介绍的故事发生了变化,变得更加自由丰富。

新世纪以来,中国长篇小说年生产量丰富至极,然而在小说形式上的探索却越来越少,相比较 20 世纪 80 年代的先锋文学热,当下的文学更多地停在了故事层面。事实上,长篇小说的建筑结构有时会救赎一个并不曲折的故事,因为建筑结构的复杂,小说的故事有了不同走向的可能,从而给读者增加了猜测空间,留了可以会意的白。墨白的小说《欲望》就具备了这样的质地,让人欣喜。

之十四：道德与写作添加剂

——余华长篇小说《第七天》阅读札记

在当下，小说家无疑是一个天真和伤感的职业。尤其是天天被拆迁的撞击声叫醒，被毒食物和地沟油喂养的城市写作者，当他在自己的小说结尾布置好一个温暖的尾巴时，该会有怎样的委屈和绝望。好在，我们还有余华，这哥们儿就不做这样的事情，他用七年的时间一直在用剪刀搜集着荒诞中国的新闻。我相信，如果不写出《第七天》，他一定会写出另外一本《聊斋志异》来。

我感动于余华的机智，真诚在当下并不稀缺，缺少的是机智。在《第七天》里，余华的姿态是卑微的、温暖的，也与他自己的生活拉开了距离。小说中的“我”四十一岁，生于1972年。这是一个藏在时代暗处的个体——“我”，除了有传奇的身世之外，“我”在中国刚刚进入经济大跨度开放的时候走上工作岗位。是的，“我”是社会某个阶层的代表，是多个人的糅合体，是城市建设中的一摊血迹,是道德滑坡中的一泓冷漠。

《第七天》是从“我”死后开始叙述的。一个人死了,才会免去社会人的枷锁。然而,余华让死后的人,又重访现实生活。这种虚实相互交融的笔法,超出现实主义对人的压迫,显得幽默又悲凉。小说的第一个章节,是一篇独立的短篇小说,叙事高明,且直指中国当下的种种不公平。读来既轻松,又觉得被重重地击了一下。然而,余华并没有将这种虚实相互交换的写作手法继续下去。一旦回到现实生活的叙述逻辑里,余华立即被庸俗的生活逻辑绑架。“第二天”是一个爱情破灭的故事。尽管余华让“我”和妻子死后相见,但是,现实生活里,余华对20世纪90年代以后爱情的单细胞理解,还是让人大跌眼镜。显然,在第二天里,余华摇身变为《知音》《爱人》一类通俗读物的作者。这样说显然对余华不公平,但是,我们不能容忍一个知名作家的堕落。

“第三天”让人泪流满面,“第四天”让人觉得不安。不仅仅是“第三天”,“第六天”,在地狱里,送别鼠妹的场景也让人感动至极。

我丝毫也不否认我的感动,但是,仍然觉得这是一次幼稚的书写。在“第三天”里,“我”的身世取材于社会新闻版的故事,我是被母亲在火车厕所里生下,不小心从厕所洞里跌落到铁轨上的弃婴。养父养育我时错过了爱情,生母找到我时大团圆的镜头简直催泪极了。

可是透过这表面感人且背景复杂的故事,我们收获了什么?反思?没有。留白?没有。余华难道是想将一些热闹的段子收集起来，办一个博物馆吗？

所有读者的失望都是从“第三天”开始的。作为中国当下最值得期待的作家之一的余华，竟然在小说里添加可读性很强的添加剂。“我”的身世以及生母的一家，对这个小说的贡献近乎为零，可是为了让读者能感动，余华使用了这种增加泪感的小说添加剂。

小说里的“第二天”呢，“我”和妻子李青的爱情有着《致我们终将逝去的青春》般的矫情和青涩。这是往小说里添加的“保鲜剂”。被人熟知的“杨佳案”被他当作了添加剂，也放在了小说里，“卖肾买苹果手机”以及永远没有真相的一场场大火被他当作了添加剂，小说通过“我”的叙述，到底要表达什么呢？

是的，我们读到最后，发现，小说除了一堆添加剂外，没有主题。我们碗里的面食里如果只有一些添加剂，口感虽然很好，那么，我们一定会质问老板的。因为，我们不只是需要口感，还要营养。

长篇小说是对一个主旨的重复修建。而作为长篇小说的《第七天》，我们看到了一群人的悲惨遭遇，“我”和李青、“养父”和“李月珍”、“鼠妹”和“伍超”、“郑小敏的父母亲”等等，他们所有人，都有各自的困境，都因不同的原因而离世。然而，小说除了借助于种种已经被社会新闻报道使用过的逻辑批评和反思中国现实之外，几乎没有留下任何可以思考的余地。

这不是余华的错。是我们这个时代的错，这个时代有太多的添加剂,这个时代正在毁掉我们的感觉和味觉。使我们渐渐麻木,低于生活。

作为写作者,这种被生活下毒的感觉不算好。我们一边自我排毒,一边又吞下时代的汤药。我不知道《第七天》对于我们这个时代来说,算不算一个大胆的揭露。但可以肯定的是,它不是一部深度的作品。

之十五：灾难时期的人性素描

——张浩文长篇小说《绝秦书》阅读札记

张浩文的《绝秦书》是一册慢板的秦腔，抒情的段落像麦粒渐渐饱满的过程，甚至还有将青麦穗放在手心里轻揉过后的幸福铺垫。而高潮的部分是麦子成熟了以后在麦场里碾压的场面，石磙碾过，麦粒被压进土里，又被扫帚扫出来的过程，尘埃飞起，黄沙湮没了丰收。劳动的人们被超过身体承受能力的活计击败了，他们借助于秦腔释放自己。秦腔的高潮部分是哭喊，是泄愤，是斥责，更是绝望过后的无奈。

小说中的“引娃”总让我想到《白鹿原》里的田小娥，她的命运的线条与田小娥有些像。田小娥的不幸是做了地主家的填房，而引娃呢，是借给周拴成的婆娘“暖怀”用的，连名字也取得寓意明确——引娃。果然，引娃帮着周拴成引了一个儿子，就是那个吸大烟的周宝根。

民国十八年,陕西大旱,由天灾而造成人祸,然而,这样的历史却并未有详细的记载。作者张浩文也只是在幼年的记忆里有模糊的印象。《绝秦书》的书写便是从这样的一个模糊印象开始的。

张浩文援引米兰昆德拉的原话:文学的职责在于抵制遗忘。

历史是现实认知的一种参照,没有历史的对比,那么所谓的进步都只是文字游戏。当我们的记忆被物质生活填满,个体对苦难的认知仅仅停留在大而化之的时代表述上,那么,记忆自然会自动涂掉这些没有细节支撑的认知。只有刻下印记的动容细节才会构成记忆的链条,才会根植在我们的内心的抽屉里,成为历史的关键词和标本。在历史渐渐模糊,见证人越来越少,口述资料也已经不见报道的时刻,小说家的创作便有了重量。

《绝秦书》便是对细部历史的一次重新梳理,在多数人都开始遗忘这段历史的时候,张浩文用近乎素描的方式打捞出这段历史的细节。

小说的前半部分是漫长的铺垫,三秦大地上的民俗用苍凉的秦腔当作背景音乐,显得厚重又灰暗。这样的基调所牵引出的灾难让我们对人性的认知有了更为强烈的期待。

小说对灾难前后人性的变化描述一直贴近人物本身的呼吸,有着浓郁的隐藏感。作者完全将自己的意识抛开,他化身成为民国十八年的各个人物,他在他们身上哭喊,在他们身上饥饿,他写下这段历史的同时,也写下了自己重新认知这段历史的心理路径。

周克文和周拴成两兄弟是全书的主脉,周氏兄弟中,周克文又是全书的主脉。周克文的三个儿子,分成三支,而三支中,周立功又是一个主脉。在这样层次清晰的人物素描中,我们一一查阅了人物情感背后的陕西民情。

周克文代表了一个时代,他活在清末,从未从思想上进入过民国。他喜欢卖弄他上好的文字功底,他用清末的民俗来管理已经进入了民国的社会。在旱灾到来的时候,他举行盛大的祈雨仪式,而最后献祭的竟然是他的亲孙子。

灾难一点点逼近周家。灾难将人性的丰富逼迫出来。

当周克文家里闻到灾难的气息时,周克文也想节约一些粮食,他出门去询问野菜的吃法,而邻居们嫉妒他们家放着粮食不吃,还和他们一起争野菜吃,就故意说出一个害人的吃法,结果让周克文一家都拉不出屎来。这种细微的人性变形将灾难形象地刻画出来了。灾难就是这些并不起眼的细节,却让人对灾难有着难以忘怀的记忆。

饿死人之后的细节更是让我动容,那是全书最为精彩的沉重。是的,不是庞大而道德正确的呼号,更不是撕心裂肺、催人落泪的长篇独白,都不是,只是一个埋死人的细节。张浩文写了两个人在灾难时的丰富的人性,底线的瓦解那么黑白分明。黑丑和毛娃,作为村里的壮年,去镇上帮助着埋死人。结果,一个人躺在门板上以后,又爬起来了。这是一个饿得快死的人。但是,爬起来的这个人只是闻到一丝食物的香味,醒了一下马上又昏倒了。两个人中的黑丑看他可怜,想给他一些吃食,可是另一个毛娃就骂他,说,他活不过去的,吃了也是一个死。然后,他就对着那个已经昏倒的人说,劝你最好还是死了,趁着今天,有人埋你,你就赶快死了吧,如果你今天不死,明天不一定有人埋你,可能死在野外,就被野狗吃了。那人不想做饿死鬼,想吃一口食物。结果毛娃抠出一撮糠团子,捏到那人嘴边喂了,一边喂一边还说,你吃了就要去死啊,要说话算话。那人吃了一口,咽下去之后就死了。

比起这埋人的细节。那毛娃卖老婆的经过更是让人落泪。

毛娃为了多卖五毛钱,将媳妇卖给了一个老头。可是,临到要分开了,媳妇将自己的鞋子和袜子脱下来给毛娃带走,说是要给婆婆,这鞋和袜子都不烂,婆婆从没有穿过不烂的。

毛娃不舍得卖媳妇了,两个人抱在那里哭。买人的老头受不了这份感情了,决定让毛娃媳妇陪他睡一个月,就可以领走她。

这种人性的素描已经完全抛弃了道德的克制,在过去的文学作品里,一旦涉及人物道德的素描,不仅要完美,更要在感动人的时候克服自己的欲望,不然,那还是人吗?

在《绝秦书》里,灾难时刻真实的人性便是如此丰富和复杂,那个买媳妇的老头,既被两个人的感情感动了,又不能白白丢了银子,那么,他将占有的时间期限减少了,本来是要占有一辈子的,现在直接减刑至一个月。在他来说,已经是达到他个体的道德高峰了。

《绝秦书》开篇的序曲便是一曲陕西的民歌,名字叫作《卖老婆》,那词句实在让人感伤:不是我心狠,实是我家穷,娃他妈你甭伤情，设法逃活命。

是啊！灾难时期的人性，将日常伦理已经完全割断，饥饿吞食掉树木、野草，也吞食掉伦理和文明。人类一旦进入身体的饥饿层面，所有的书面用语都成了摆设。天灾和人祸往往相连，若是进入现代文明社会，哪怕是遇到汶川地震，并不会造成连环的伤害。阅读《绝秦书》的时候，我常常想到现实，想到文明来之不易，我们应该珍惜，应该保护这些用历史上多少生命的牺牲才换回来的今天的共识。

不是吗？

之十六:三个让人讨厌的人

——苏童长篇小说《黄雀记》阅读札记

苏童是一个有精神住址的写作者,他的小说,都发生在一个地点,叫作香椿树街。然而这一次,他写了三个让人讨厌的人。

想象不出,一个作家,用数十万字的篇幅,写了三个让人讨厌的人,到底有什么样的契机和因果关系。

《黄雀记》是一个中国元素饱满的长篇小说,时间是顺时针转动的,没有插叙,没有镜头切换般的闪烁和跳跃,像明清的小品一般,有人在古树下摇着扇子,边消夏,边述说,十分悠然自得。

小说里的人物呢,也是在作者苏童的内心久住了的,那些人在小说没有开始写作之前就一直在苏童的意念里和他对话。他在内心和他的小说人物相处得很久了,突然有一天,觉得有闲了,就写写这几个不招人待见的人。

小说节奏缓慢,却主旨明晰,分别写了保润的春天、柳生的秋天和白小姐的夏天。这三个讨厌的人，大体是这样的：保润，一个有些混蛋的不孝子，他麻木、自卑，且没有修养。柳生，一个强奸犯，他自私、油滑、缺少担当。白小姐，一个被强奸后彻底堕落的女人。

我不喜欢保润，但保润有一个丢了魂的爷爷，还有些趣味。他代表了一个时代，苏童让他的魂丢了，这相当有比喻感，这说明一个人被时代洗脑，灵魂自然也被那个时代截留。

不过，保润的爷爷想要找回自己的魂魄，这说明人总是要活在当下，不被时代抛弃才好。他听从了邻居的建议，想要找到早些年祖先的两块骨头。可是，他的举动引起了整条街上的邻居们的好奇，大家都确定他是在挖黄金，于是，整条街都开始挖了起来。

最后的结局是，保润的爷爷被绑进了精神病医院。然而进了精神病医院以后，爷爷仍然挖土，甚至还将精神病院里的树也刨了多棵。没有办法，保润的父亲被爷爷折腾得中了风，保润只好替了父亲，去照看爷爷。

保润在精神病院里很快发现了自己的天赋——捆绑，只要有绳子，他就会捆出不同的花样。紧一些的叫作法制结，而松弛一些的叫作民主结。一根绳子在保润这里成了法律，而被管理的对象竟然是爷爷。可是，读到这里，我被保润手里的绳子一下子捆住，在过去很长一段时间里，中国的法制不就是掌握在保润这样一个并不通晓法律的人手里吗？他要绑谁，那被绑的人只能做两种选择:一是被绑得舒服一些,是民主结;要么就直接被绑得死死的,是法制结。

保润让人讨厌的地方并不是随意挥霍他手中的绳子,而是他捆错了人。

在陪伴爷爷的过程中,保润认识了"仙女"白小姐。他喜欢她,然而,又不懂如何喜欢。虽然不懂如何喜欢却还非要喜欢,这喜欢便有了些别扭。柳生便是在这别扭的喜欢中添加润滑剂的人。结局是,白小姐拿了保润的八十元钱,保润追不回债务,便捆了她。而柳生却趁机强奸了白小姐。

柳生自然是让人讨厌的。柳生首先是一个圆滑世故的人,相比较保润的傻呆和顽固,柳生显然属于有智商优越感的人。然而,这样的人,对规则常常是蔑视的,比如,他趁着保润捆绑了白小姐,便强奸了她。强奸后却不敢承认,让父母亲做通了白小姐的工作,许以好处,并告发了保润强奸。那么好了,他自此背上了内心的包袱。柳生的令人讨厌之处还在于他的缺少尊严感,不论是和白小姐的相处,还是后来又遇到出狱的保润,他从来没有"反思"过自己的人生,他的得过且过和轻薄,都让人觉得他的百无一用,一个活着没有意义指向的人,看得让人厌弃。

而相比较,白小姐让人生厌的地方便是一个字:贱。这个被强奸过后便彻底将三观打碎的女人,她是中国早期的拜金主义者。

她长期或者短期出租自己的身体，获得自己想要的生活。她像极了中国传统文化的叛徒，然而，她的叛逆并不是因为信仰或者其他高明的认知，而是因为，她想要不择手段地摆脱贫穷，摆脱噩梦一样的保润和柳生。意外的是，命运和她过不去。她绕不过这些贫穷而没有节操的生存环境，最终，她又落到了柳生和保润手里。为了还清她欠保润的人情债务，她委曲求全地答应保润的跳舞的要求，而最后，被保润又一次捆了起来。

《黄雀记》的名字源自小说结尾吧，保润利用喝醉了酒，将柳生杀了。他终于报了仇。谁让当年柳生强奸了白小姐，却嫁祸给保润呢？这内心里的仇恨在监狱里生了粗壮的根，已经长成了一棵大树。保润的身上还文着一行字：君子报仇。是啊，君子报仇，十年不晚。终于，在白小姐被强奸的第十个年头，保润将柳生杀了。

三个让人讨厌的人，在苏童的笔下各自饱满。苏童并不讨厌他们，他极其耐心地听他们说话、争吵，也陪着这三个人一起在黑夜里悲伤无助。作为创造了这些形象的作者，他没有给任何一个人购买道德的药片，来治疗他们个体的缺陷。他不想造一个节操正确的道德楷模给大家提供精神麻醉，他要的就是这样一种自然而然的景致。《黄雀记》里的任何一个人物，都会让你觉得是真实的，他们就生活在香椿树街上。碰巧和苏童聊了一会儿天，走了。而苏童只是如实地记录下来。

最好的书写便是没有端起作家的腔调,最好的人物素描也是如此。

之十七：小说是作者没有写出的那一部分

——格非小说集《相遇》阅读札记

喜欢格非讲课，有一次听他讲小说，语不惊人死不休。

他讲他的小说《隐身衣》，一开始是要写一个非常完整的黑社会的故事。在写作的过程中，他发现了问题：他如果将这样一个完整的故事都交代完毕，那么人物便显得特别呆滞。缺少休息的人物在他的小说里不停地穿梭，会非常疲倦。他有些爱惜他自己笔下的这些人，大概想让小说里的人物也有正常的作息，所以，他决定将计划好的故事减去三分之一。

那么，现在剩下了三分之二的故事，可以重新调整一下叙述的结构了，是啊，从哪里入口很是重要啊。可是，写了一段时间以后，他又发现了问题，觉得故事还是写得太饱满了，说得太明白了，有将读者当傻子的嫌疑。他于是决定再减去一些内容，将一个故事的一半都略去，这样总有一些可以玩味的留白了吧。可是，即使如此,他写了一阵子,还是改变了思路。他后来觉得,一个计划好的故事,在写作时,只能写出最小的那一部分,也就是一个正方形的四分之一。只要是将这四分之一的故事写得饱满了、清晰了,那么,有心的阅读者会慢慢地发现这故事的另外的四分之三。

这是多么有趣的事情啊。

这就是格非的写作。

关于格非的写作,我常常想,存在这样一个基本的问题:没有经过欧美文学作品阅读训练的读者,第一次读格非,会觉得吃力。做格非的读者,这几乎是一个测试题。在格非抒情诗一样光滑的句子里,他隐藏了故事的四分之三,这像极了一个谜语,而谜底离谜面太远。

正由于此,他最新的小说自选集《相遇》成为不少纯文学作品爱好者必须温故的作品。

我喜欢开篇的小说《迷舟》。

格非果然在写作的时候隐藏了故事的四分之三。这篇小说从一个身份很重要的旅长回家开始写起。父亲病逝,旅长萧回到家里做最后的告别。在这次丧事中,萧偶遇早年喜欢的表妹杏。就那样前缘再续,直至有了苟且的事。而杏的老公三顺很快便知道了旅长和他表妹的情事,三顺将杏捆绑起来,吊在了房梁上打,并扬言要将旅长杀掉。然而,当萧决定去榆关看看表妹时,却被三顺截下了。只是,三顺并没有将旅长萧杀死:“也许是萧对于一个已经废掉的女人的迷恋感染了他，也许是他内心深处莫名其妙的喜怒无常，三顺杀死萧的想。”然而，出乎意料的是，小说的结束，旅长的警卫员竟然将旅长萧打死了。

这个没有逻辑的小说结尾，让第一次阅读这篇小说的读者感到困惑。大家均会觉得，格非将一个正在延续的逻辑拦腰截断了，故事不得不遇到车祸般的急刹车。读第二遍，仿佛感觉到了格非的隐约，原来这个故事省去了一半的内容。格非有意将两个故事编织在一起，但是，他并没有平均用力，另外一个故事几乎被他完全隐藏了。那是一个什么样的故事呢？是旅长要借着奔赴父亲的丧事，接触到住在榆关的表妹，又借着和表妹偷情的机会，和自己的哥哥所在的部队取得联系。他本来以为自己做得已经非常隐秘了，哪知还是被身边最为亲密的警卫员给发现了，终于死在了警卫员的枪下。

这样的话，两个故事基本清晰可见了。

而《迷舟》表面上呢，不过是一个偷情的故事的外壳。这部小说如果放在当下的影视环境下，是一部非典型的谍战剧。好笑的是，作者格非却把它生生写成了一个偷情故事。

相比较《迷舟》的双线叙事，《青黄》几乎是一个三重叙事：第一条线的叙述是叙述人的寻访，关于在船上卖淫的妓女上岸以后的生活；第二条线则是村人们关于这一户外乡人的叙述；第三条线则是船上妓女的后人小青的叙述。这样的一个多镜头叙事，如何将这样的故事缝补到一起。这几乎是一种电影的叙事策略。

是的,电影《后窗》便是这样一部拼贴叙述的作品。从一个窗口到另一个窗口人物行走的过程,事情的多种变化以及变化后所引起的结果。这自然又是一种谜语叙事。

格非是总导演,是裁缝,是旁观者,是猜中谜语后要将谜底一点点揭开给我们看的人。

也的确,小说的叙事方式本就是揭开谜底的过程。任何一个小说的内核都是根据谜面的提醒一点点向谜底迈进。

相比《迷舟》的隐与现,《青黄》似乎是一篇叙事态度暧昧的小说。格非第一次在一篇小说里呈现了写作者的犹豫不决。他似乎还没有完全想好小说的留白。所以,《青黄》基本是一篇故事饱满而近乎没有留白的小说。

作为一个只愿意写出故事四分之一部分的小说家,格非创作《青黄》时叙事视角过多,这种看似多处留白的做法,却无意中将空白又一一填满,不然,故事的逻辑会断裂。所以,用影视的方式来结构一部小说,常常会有故事过于饱满的缺陷。

《青黄》这篇小说从叙事学上多出了两个部分。一个部分是关于"青黄"的解释,解释过多了,甚至最后还用一只狗和一种植物的名称作为补充。这实在是没有必要。就让"青黄"这两个字的意思隐藏在小说的叙述里,就是最好的策略。另一个部分呢,是关于老人的梦游症,也是破坏小说留白的补充。老人以梦游的方式强奸了小青，用这种没有铺垫的插曲直接交代一个故事的背景，显得写作者诚意不足，甚至也破坏了格非一直以来的缓慢抒情的写作气质。

读格非的《青黄》，我常常想，一个有才华的写作者，有时候写了一个好的开头，未必有足够的力气驾驭这个小说的各种流向。在写作《青黄》的过程中，一定是某个细节让格非疲倦了。他有些累，不知自己是不是走得太快了，他甚至也不知道自己应该如何与最开始构思这篇小说的那个格非相遇。是的，小说写作过程中的"作者"是陌生的。作为小说写作者，我常常也会迷失在一篇自己创作的小说里，长久地走不出来。

那么我想推荐一下《初恋》这篇小说。这是一篇近乎"绝对隐私"口述实录风格的通俗小说，值得推荐的是，小说用热情而细致的方式讲述小说主题"初恋"以外的所有事情。这一次，格非谨遵隐藏四分之三的叙述方式。整篇小说很是接地气，在情商的讨论以及日常生活的罗列中，都显示出作者的入世和出世。

入世，是指格非对世俗生活里部分合理又滑稽的生活哲理全盘吞咽，并充分理解。而出世，指他在小说里靠暗讽和讥笑这些入世的哲学，而获得智力上的满足感。

这篇《初恋》的意韵停在欲言又止的部分，写作者格非在这个小说的布局上稍显刻意，他用三分之二的篇幅写季康离婚前后的事情，而"我"的初恋的故事，只用了小说的最后一段来写。尽管写作的比例分配如此不均,但读起来又充满了张力。因为格非在写主题以外的部分时,削切得当,做足了关于最后一段“主题叙述”的铺垫。

《戒指花》是对社会新闻的拙劣抄袭,尽管叙述充满了作者一贯的湿润,也难以消解从社会新闻版上带来的低俗腔调。而被称为格非最为玄奥的小说的《褐色鸟群》,在当今这个多媒体时代,其玄奥的魅力被《禁闭岛》《盗梦空间》一类的电影抵消。

当然,《褐色鸟群》有让人喜欢的地方,那便是,格非在小说开始的部分埋了一个可双向解释的伏笔,使得这个小说有了多义。所谓的玄奥,是指小说里不符合逻辑的部分通过前后的对比,读者慢慢能体味其中的美妙。

在多年以前,格非便写出这样的小说,这无疑是他对西方叙事学充分熟悉后的文学分泌物。其实《褐色鸟群》虽然多义——这让一部分读者尤其是大量观看西方电影的读者在看完小说后充满了智力优越感——但从文本与现实的碰撞上来看,这只是一篇技术唯美、结构舒适的没有意义的小说。是的,这篇小说的意义纯粹在于技术,而不是生命的体验和感悟。

而在封底上,被冯唐认为是完美之作的《相遇》,则是一个冗长的传记片解说词,不时地,还夹杂着一些资料整理。

小说的结构与故事本是一体的,但是,在中国当下,总会有一些故事优秀，读来却粗糙平庸的小说。所有这样的写作者，都应该来读格非。

格非对文本结构的追求，以及对语言的洗练已经达到了刻薄的地步。他的长句子里种满了鸟叫声与形容词。他的小说结构神秘而又自然，这让他的小说在多年以后的今天看来，仍然深刻而充满了魅力。

如果非要在格非的小说集里挑一篇最为经典的作品推荐给读者，我一定会选《迷舟》。这是一篇完美的作品。它最为悲伤的意味都藏在文本的背后，文本里没有写出来的那一部分，才是格非想要强调的。这样一想，便觉得作者是高明的、有趣的。

之十八:不如在小说里撒个野

——张楚小说集《夜是怎样黑下来的》阅读札记

金基德。是的。我一下就想到了他。

张楚的短篇《曲别针》,残酷而充满诗意。好笑的是,在小说里,叫李志国的人还写诗。读到这里,就想笑,想说,张楚兄还能再矫情一些吗?当然能,前一篇小说,名字叫作《你喜欢夏威夷吗》,张楚竟然让里面的女人买来海明威的小说来读。妈呀!

但张楚的叙述天分太好了,他不露声色地将我带到一个又一个场景里,让我一点点地融化,成为他故事里恰好路过的闲人,总想跟着那故事的主人公,看看到底有什么样的结局。

可是,读完了之后,无比伤怀。没有结局,张楚这小子真狠心,将主人公的悲伤撕裂了,扔到大街上,将我们吸入他的故事场域里之后,他扬长而去。

《你喜欢夏威夷吗》，怎么说呢，这小说所表达的主旨：美好生活是个被蚂蚁咬过的苹果。用水冲干净之后，放在了果盘里，不知道的人，咬了一口，清脆，美好。知道的人呢，会介意。生活大抵如此，我们每一个人，都可能是果盘里的那只苹果。小说里的艾娅也是。艾娅离异，有一个床上对她还不错，日常生活里却根本无交集的性伴侣。肉体总会让一个人轻飘起来，艾娅常陷入被误解之后对自己的轻蔑。有一天，年少时的一个叔叔来到艾娅的城市，想要见她一面。这是一个曾经吸引过自己的成年男人，艾娅潜意识里想重新回到一次少女时光里，拒绝了身体伴侣的午餐约会，和叔叔见面。然而，叔叔的苍老让她惊醒。现实已经没有了朦胧和诗意。就在和叔叔吃饭的当口，电话响了，是身体伴侣的，她说谎被识破，因为一转身，艾娅就发现了那个伴侣。这个轻浮的性伙伴，当着叔叔的面，轻薄艾娅，并骂她是一个表里不一的婊子。美好就这样破产。艾娅拿着一册《海明威短篇小说集》，举起来向叔叔推荐的时候，问一句，你喜欢夏威夷吗？这样的结尾虽然有些强迫症，却也留下了大量的空间供读者想象。

相比较艾娅美好形象破产的尴尬，《曲别针》中的李志国几乎是四面楚歌了，他让我想到金基德的《漂流浴室》或者《撒玛利亚女孩》。李志国是一个铁锹厂的老板，喜欢玩弯曲曲别针的游戏。不幸的是，女儿拉拉得了先天性心脏病，且因此有些自闭，他需要一笔钱给女儿看病。而他又和一个妓女苏艳有了一个儿子，苏艳呢，天天打电话给他要奶粉钱。这是生活给他出的选择题。生意上呢,他需要给他的客户提供上好的服务,因为他想要“杀掉”这几个人。意外的是,醉酒后的客户大抵是变态,一个小姐逃走了。李志国不得不为客户另外找一个小姐。错把便衣女警察当作妓女的李志国,被抓进了派出所。派出所的隔壁竟然也是有妓女,本来是想给客户找的,却不知为何自己先享用了,李志国忘记自己被带到派出所的时候,身上根本没有带钱。结果,那妓女以为他是神经病,翻他的东西,翻出一串水晶珠链。这惹恼了李志国,那珠链是女儿送他的。这是他珍贵的亲情储单,怎么可能让一个妓女碰触呢?他激动之下,杀了那妓女。清醒之后,他突然觉得计划以及意义的消失。在接到女儿打的电话以后,他不知所措,一口将自己兜里的十多个曲别针吞进了口里。仿佛,这些形态似女儿的曲别针是能给他救赎的药丸。

如果说,张楚小说里的艾娅喜欢读小说,杀人犯李志国曾经是一个诗人,而在《我们去看李红旗吧》这篇小说里,张楚一下子将诗人和小说家都圈了进来。不仅如此,他写的还是喝醉酒之后的小说家和诗人。

一群醉鬼。

我一下子便想起2010年的北京,我和张楚、哲贵、盛可以等人喝酒的情景。喝醉酒之后的张楚,去KTV唱歌,他声音高昂,不时还会抱起一个他喜欢的人转一圈。

好玩的是,他的小说竟然也是这样写的。他写一群人醉酒之后的状态,小县城、撒野、孤独感、开放而真诚的吹牛。小说里的老周是一个诗人,他去赶集,集市上的人有很多,可是没有一个人知道他是一个诗人,他便觉得自己的身份多么隐秘啊,有大快乐。

这篇一直在路上的小说,机智而炫耀,风吹哪里便撒野到哪里,让人喜欢。

我喜欢张楚式的结尾,他的结尾从不肯定或者否定什么。像卡佛,又像金基德的电影,像一张照片虚幻的部分。《夜是怎样黑下来的》也是如此:老辛为了阻止儿子和一个沈阳姑娘交好,想出了种种办法。原因竟然是因为有一次,他看到半掩着门正进行身体阅读的儿子和女友,那姑娘竟然一边和儿子行好事一边评价老辛,说老辛一看就很好色。这让老辛非常害怕。怕什么呢?也说不好,总觉得一个姑娘家一眼能看穿自己的某些缺陷,便有了警觉。于是,他一直想着要拆散他们。哪知这一次,儿子和姑娘是真爱,怎么着都拆不散。直到有一天,老辛去儿子所在的大学去看儿子,才知道儿子和姑娘已经住在了一起。他很生气,动手打了儿子。那沈阳姑娘跪下来给老辛道歉,求他原谅。看着跪在地上哭泣的姑娘,老辛有一个瞬间心软了,用手摸了一下姑娘的头发、肩膀、脸,最后竟然停在了她的唇上。这一下故事的温度升高了。老辛也为自己的行为尴尬。姑娘自然喝止了他,在转身离开的瞬间,骂了一句:老不正经的。老辛出了儿子的宿舍,才发现,夜已经黑了下来。

夜色是怎样黑下来的呢?这是小说的留白部分,高超的叙述能力以及奇崛的想象力,使得张楚的小说在这个时代有了跨越时代局限的意味。他的小说正如李敬泽所表述的,不能用一个“底层叙事”来概括。他写的既不是底层,亦非中产,他写了人性里最为幽微和不确定的东西。就像是夜色由模糊的青灰,变成成分越来越浊的暗黑,直到渐渐全黑。

这个过程中,最为肆意的,便是叙述者那撒野般的想象力和不动声色便筑完全部小说框架的能力。阅读张楚,差不多阅读了一个 20 世纪 70 年代出生的作家全部的个人史。他的小说里,有盐巴,有酒,有醉酒后不停撒野的百态。

作为一个小说的操弄者,我真羡慕他撒野的姿态,舒适,完美。

之十九：以悲悯的手撕开城市的疤痕

——许台英小说集《怜蛾不点灯》阅读札记

城市是个特殊的场域，在大多数文学作品中，城市必会有几段关不掉的音乐，而听众却住在不同的时代或者地域。

在台湾女作家许台英《怜蛾不点灯》里，她找了一个经历过生死磨难的乡村老妇甄嫂作为听众。这音乐，让她想起年轻时逃难时的枪声，枪声伴随下，她和一起逃难的万姐，将自己的衣服脱下来拧紧了，塞进被子弹穿破的船舱洞里。就那样一直用手堵着，枪声将她们身体里的力气都逼迫出来，就那样，仿佛一辈子的力气，都用在了那几个船洞里。

那不仅仅是被子弹穿透的洞，也是甄嫂人生的一个漏洞。从大陆逃到台湾后不久，甄嫂的男人就殉了职，留下三个孩子。三个孩子就是甄嫂人生的三张欠条，许台英的文笔精妙，她这样写甄嫂的凄凉："像甄嫂这样环境差点的母亲，就是个针包——反正儿女是债嘛,不任他们刺来戳去,又能如何?”

《怜蛾不点灯》的开篇便是一场死亡送别,甄嫂从乡下到台北为几十年的老姐姐万姐送行。当初从大陆逃到台湾的十六人,现在又走了一个,只剩下三个人了。而当初,这十几个人商量好了,要埋在一起的。而万姐死后,儿子坚持将母亲葬在台北,说是方便扫墓。那么,当初他们十六个人成立的“望乡会”,到万姐这里出现了断裂。

当初在乡村文明的语境下,十六个共患难过的人捐钱成立望乡会,其中最重要的一条就是十六个人死后,都要进同一个庙里的。而城市文明轻易地让这种乡情解散,城市意味着凡事追求便捷。万姐的孩子们都在城里生活,母亲葬在乡下,本身就会增加时间以及物质成本,又加上,万姐来城市生活多年,对乡村旧有秩序的记忆也渐渐淡漠,才会导致离世前同意孩子们的建议。

甄嫂个人也面临着被城市文明侵略的生活背景,再婚后,她和甄警员又生了一个女儿。女儿嫁出四年以后,女婿出钱,甄警员补贴了一些退休金,合买了一个新的公寓。然而,甄嫂却住不惯这电梯房,每天都要回到自己住的小村庄一趟。在甄嫂的生活逻辑里,城市意味着隐私空间的窄狭。甄嫂的新居卧室与邻居家的阳台相邻甚近,每天晚上,那人家便将阳台上的灯光打得通亮,直把甄嫂的梦境取走。不仅如此,邻居家的姑娘是个有着不正当职业的舞女,还常常带一些恩客舞伴回家,放肆地传播着一场场完整的性事,给甄嫂带来了无穷的噩梦。有一次,甄嫂终于忍不住,求邻居放低声音,哪知换来的是那人全家集体围攻:“嫌吵?嫌吵你搬家呀!买不起是吧?我们有好几栋房子空着,租给你好了!”

如果说城市文明是陌生人与陌生人的相处,那么,乡村是相守而不变的熟人社会。在《怜蛾不点灯》这篇小说里,乡村社会便来得安宁多了,万姐去世以后,留在乡村的泥水匠趁着万夫子没有回到乡村的家,连夜加班给他修整好,怕万夫子回来以后再修,吵着他。这种细致入微的体贴,充满着人性的温暖。

除了如此守望相助,让甄嫂留恋的,还有她和前夫以及前夫所生的孩子的共同生活的一些光阴,都存在这个旧乡村里,这里几乎是一个女人的寂寞药方。然而,城市文明对甄嫂的侵蚀方式是,她的退休的老公甄警员在退休后被一个风月酒店返聘,在酒店的门口把风。哪知某天晚上,里面的流氓打架,甄警员上前去拉,被捅了几刀,死了。

临死前,甄警员留下了话,他用这些年在外面挣下的钱,在城里的一块墓地买了个鸳鸯墓。本来和望乡会有约定的,甄嫂死后是要和前夫一起合葬在村庄的小庙里的,没有想到的结果是,她如一只在尘世里飞着的蛾,却找不到属于她的那盏灯火。

许台英是一个天主教徒,在小说里,她的悲悯随处可见。《怜蛾不点灯》这个名字已经布满了爱的眼神。这部小说集里的所有作品都有城市生活的价值观的侵略以及作者对乡村文明的怀念。而乡村文明的底子,多是人心向善和互助的精神光泽,这些品质与天主教的一些教义想来是相通的。

这部小说集里的其他篇目如《陶俑》,是写一个威权极重的家长对孩子的控制欲望,并最终导致孩子离婚的悲剧。虽然没有乡村文明的反衬,却有着城市文明中底层人士对成功者的反抗。在这篇小说里,许台英以另外一种悲悯观照着小说的主人公,最终,让他忏悔,获得人性的升华。这样的小说,虽然完成于 20 世纪 80 年代,如今读来,却如同阅读同代人的作品。

《王者的下巴》关注城市文明中破坏规则的人总是用尽手中的特权。而创作时间最近的《月光下,秃光的鸡蛋花树》则写实般地记录下作者本人的内心的成长历程。

好的小说,总是可以抵御时间。尽管许台英的《怜蛾不点灯》创作于 20 世纪 80 年代,但是在当下中国的语境下来读,却更有着感同身受的阅读背景。中国的城市化进程在近年来,以传统文化的颓废为代价在快速发展。如今的中国现实几乎与 20 世纪八九十年代的中国台湾接近。

在这样的价值观冲击的背景下,读到在大陆出版的许台英的小说,我们像给这个时代照了一下镜子。许台英笔下的台湾的底层断裂,和当下中国北京、上海、广州等城市蚁族的生活背景又有何差异呢?

感谢许台英的那支笔,她替我们揭开了城市的疤痕,且带着悲悯的眼神,让我们觉得疼痛的同时,还有着治愈的希望。

第二辑　向外:尺度

之一:好色的人,请去写作

——八卦诺奖新得主巴尔加斯·略萨

作为一个有勇气的人,巴尔加斯·略萨和列夫·托尔斯泰有着共同的嗜好,在青春期的时候都喜欢逛妓院。略萨的运气较好一些,不像托翁那样,第一次逛妓院便染上性病,并从此放荡不羁,一发而不可收。

略萨这个名字,在城市阅读群里,几乎成为一个可以相互识别和归属的密码,他暗喻:好色,深入好色。他个人的故事精彩之至,且绝不让别人执笔写他的故事。这一点他和日本的太宰治有些相像。

他的个人史曾经被拍成电视连续剧,而且收视率甚高。是的,这就是那部著名的《胡利娅姨妈与作家》。这部以结构怪异著称的自传体长篇小说,几乎忠于作者自己的记忆。十八岁那年,正念大学的略萨,在舅舅家里遇到舅妈的妹妹胡利娅。情窦初开的青春期少男和情感失意的离异女人，因为身体的吸引，而迅速摩擦出一段爱情。这爱情来得惊世骇俗。彼时，胡利娅已经二十八岁，她离异，有漂亮的外貌和风情的装扮，总之，在那个小镇上，胡利娅所到之处，必然会有口哨声和制造误解来接近的男子。正因此，胡利娅每每外出便带上天真活泼的略萨，说些什么呢？苦恼，以及应对的方法。总有一些交流涉及内心，那个时候，一个十八岁的孩子，想要治疗别人，除了以身相许，或许找不到更为有效的药方了吧。然而，故事并没有朝着王子公主的方向发展，接下来的曲折制造了一个世界名著。略萨的父亲对这段莫名其妙的恋情采取了围追堵截的方式。据说，那个要面子的父亲手持一款左轮手枪满大街地找这对不伦男女，声称要枪决了他们。正值逆反的年纪，略萨在朋友的帮助下，和胡利娅私奔，办了结婚登记。那个持枪的父亲找不到儿子，竟然找到了胡利娅的姐姐，也就是略萨的舅妈，当着舅舅和舅妈的面宣布，胡利娅是他们家不受欢迎的人，并限令她四十八个小时以内离开秘鲁。虽然恐吓和辱骂绝不是战斗，但是，胡利娅还是受不了如此种种的曲折，同意离开秘鲁，和略萨执手相看泪眼，竟无语凝噎。

自然，世俗生活中的感情，常常经不住时间的打磨。不久，略萨的父亲便缴枪投降，同意这个伦理失常的儿子和胡利娅同居。而又过不久，略萨情感的沙漏开始外泄，他喜欢上了胡利娅姐姐的女儿，也就是他的表妹帕特里西娅。真不好意思，那又是一个情窦初开的故事，这位不通世事且热情异常的表妹，彼时不过十五岁。

至此,两个惊世骇俗的爱情主人公分开。

1977 年,略萨的《胡利娅姨妈与作家》发表后不久,便成为超级畅销书,刺眼的标题和大胆的书写,使得该书被盗版多次,像一首乡村俚曲般,这部作品进入了大街小巷。后来这部作品被一家影视公司看中,胡利娅听说了这个消息,写信给略萨,提出抗议。然而她根本阻止不了影视公司的商业运作,随后,同名电视剧热播,引起收视狂潮。一些媒体像寻找生出好吃鸡蛋的母鸡一般,找到了已经再次结婚又离婚的胡利娅。这让她感觉无比伤感,于是,她找来了电视一阵猛看,发现了编剧中大量的情节夸张和失实。为了对略萨进行反驳,她写了一本《作家与胡利娅姨妈》一书,一时间,她竟然成为畅销书作者。

这段逸事颇费笔墨,但是,它给了作家略萨无限的营养。一直到了六十岁的时候,每每忆念起自己的姨妈胡利娅,他仍然能闻到她身体上涂满的蜂蜜的气息。

是的,略萨在六十岁那一年创作了他著名的情色作品《情爱笔记》。这是一部色彩丰富的作品,写作者略萨极尽笔墨地表现性爱中身体的美好。那是一部写作内心感受的大书,它巧妙而又湿润、温暖而又尖锐,几乎写尽了情爱的种种尝试和感受,呈现、探索,并用身体来解构日常生活的单调和无趣。

《情爱笔记》里的很多性爱的片段都出自作者的真实感受,他在虚构里又一次出卖了自己的感情史。

这个十九岁就被一个成熟女人的身体诱惑了的斯文"败类",

终于可以在一部长篇的文字里泄露他这一生所掌握的所有身体的密码。

好色的略萨自然不会停留在自己表妹这样一个固定的地址里，他是一个身体阅读爱好者。正是在他写作《胡利娅姨妈与作家》时，他喜欢上一个瑞典女孩，大概是她身上的某一处气味和胡利娅姨妈相似，这让略萨难以自持。他有一天喝醉酒，竟然对妻子说，我要和她私奔。

当时马尔克斯和略萨交情颇深，自然充当了帕特里西娅的心理按摩师。马尔克斯听说好色的略萨旧病复发，竟然想要抛妻弃子，于是大骂略萨是个混蛋，并建议帕特里西娅直接和略萨离婚。马尔克斯大约是单独约见了几次帕特里西娅，这给媒体留下了亲密的照片。这些八卦新闻极大地刺激了略萨，他虽然不相信媒体的照片，但他也不相信妻子的身体。

在被心爱的瑞典女郎抛弃之后，略萨顾不上咀嚼失意的内心泥泞，更没有写五千字以上的文章表达感伤和气馁，而是马上回到家里审问起老婆的情事来。时间、地点、人物、做了何事、结果，略萨拿着那张让他戴了绿帽子的报纸，焦点访谈般地逼问了老婆一番后，终于得出了真相。原来老婆并没有背叛他，而是不舍得离开他，只是马尔克斯夫妇十分坚决地催促她离婚，让她感觉绝望又无助。

这大约是两个人结仇的原因。1976 年墨西哥电影节，马尔克斯在首映式上看到了略萨，正当他高兴地张开双臂上前拥抱略萨的时候,被迎面上来的略萨当众打了一拳,马尔克斯踉跄倒地。当时的略萨一边出手,一边大声说:“你在巴塞罗那对帕特里西娅做了那种事,还敢来见我!”从此两个人交恶,一直到2007年才恢复关系。

最后,让我们来看一下略萨所写的书的名字吧,它们是那么妖艳和刺激。《胡利娅姨妈和作家》写了他和姨妈的一场情事;《绿房子》写了一个妓院;《情爱笔记》写了他对身体的各种形态的认知;《潘上尉与劳军女郎》,这是一本世界禁书。哪怕是他给青年小说家写的信件,副标题竟然也是:无休止的性欲。

2010年,马尔克斯在略萨获诺奖后说:“这下我们打了个平手。”这句话,不由得让我们想起三十年前,因为一个女人,略萨对马尔克斯大打出手。

时间渐渐抹平了一个男人的情色历史,终于,略萨用独特于庸碌世人的角度切入了这个世界,并赢得了这个世界。他的个体经历证明:如果你是一个好色的男人,那么,请你去写作吧。

之二：神的孩子都跳舞

——麦克尤恩《最初的爱情，最后的仪式》阅读札记

孤独感，每一个故事都铺满了孤独感。哪怕是温暖的《夏日里的最后一天》。

有一天晚上，我被麦克尤恩的繁华的叙事用词打击，厌烦了他，将正在阅读的《与橱中人的对话》停下来。作为一个小说的爱好者，我被麦克尤恩的这种饱满感激怒了。他丝毫不掩饰自己的才华，不论是想象力还是语言，都那么饱满。这让人感觉轻薄。

然而，翻一下余华的推荐，又或者作品的简介，便可以知道，麦克尤恩出版这部《最初的爱情，最后的仪式》时只有二十七岁。

二十七岁，多么青春啊！这个年纪，正是浓郁表达的最好时机，对自己的以后有多种方向的设计。阅读麦克尤恩的这部小说集，我们的确看到了不同的方向。《立体几何》是一个撕开我们局限的作品，想象力和虚构能力让麦克尤恩的小说有了翅膀，写作者

麦克尤恩,用虚构的能力在小说行进中不时地逃离出叙述现场,旁观自己的叙述局限,不时地打破正在进行的叙述,然而有了出人意料的结局。

《家庭制造》描述一个对日常生活背叛的少年,尽管这部小说的主题落在了少年对性的好奇,但大量的情节都关注一个孩子在被规范的成长中,时时想背叛现实生活的冲动。叙述者麦克尤恩,不时将自己的真实想法放到那个冒犯生活的少年人身上,又不时地将被规范后的自己的想法放在孩子的对立面。成长意味着将本来可能真实的逻辑模糊,慢慢进入庸常生活的秩序中。

我最喜欢《夏日里的最后一天》,这也是全书最为温暖的故事。尽管故事的结局让人悲伤,但故事的行进中,麦克尤恩第一次用欢喜的表情靠近日常生活,觉得生活中的孤独感可以被温暖的他者所消解。

麦克尤恩的舞蹈总能给阅读者留下深刻印象,这源自他的独特的视角。《蝴蝶》是一个平淡的故事,一个被社会漠视的人,无法排遣掉潜藏在内心里的孤独感,他厌倦自己的现状,他不能容忍这种与社会格格不入的疏离感,试图融化一下自己。然而,他却成了杀人犯。这篇小说几乎不承担文学以外的身份和道德,麦克尤恩将视角停在杀人者本人,阅读完这个杀人的故事,你会感觉到一股难以言说的孤独感。没有憎恨,麦克尤恩用自己的文学才能消解了我们对残酷结局的愤怒,这需要多么宽阔的内心储备。麦克尤恩做到了,他打破了我们二元对立的思维,他用近乎舞蹈的方式演绎了一段悲伤。

《与橱中人的对话》我是分三次阅读完的。看完以后,我陷入自己悲伤的过往中。生活中,我们每一个人都有无数个令人自卑甚至无力的片段。这些片段被麦克尤恩全部抓住,拼凑在一起,便成了这篇小说。这篇小说的构思精巧无比,一个孩子到了十七岁还只有几岁孩子的智商。他并不认为自己的弱智是自己的错误,而是归罪于母亲,他是这样揣测母亲的:“她精神有点问题,你知道,这是我问题的源头。她就想要孩子,可又不愿意考虑再婚,所以只有我一个,我必须充当她憧憬过的所有孩子。她努力阻止我长大,很长一段时间里她做到了。你知道吗?我到十八岁才学会正常说话。我没上过学,她让我待家里,说学校是个野地方。她白天晚上都抱着我……”这段叙述是肯定的语态,如果不读下面的情节,差不多,我们可以肯定母亲是个精神病人。然而,很快我们便发现,事情并不是这样。孩子的确是个弱智。然而,这个弱智的孩子在十八岁以后遇到了一个大困难,那就是,他必须为母亲的幸福出走,母亲有了新的恋人。故事从此展开,一个弱智的孩子在社会上,他会遇到什么样的境遇呢?随便都可以预测到,他会遇到悲伤。作为一个阅读者,我对这悲伤的到来充满了期待,我相信麦克尤恩的叙事能力,然而,仍然被他的文本击中,我甚至在阅读中打开了自己的内心。我知道,小说中的人物距离现实中衣着光鲜的我很远,但我依然看到内心里藏着的另一个弱智的我。这种打开让我孤独,不是同情小说中的人物,而是同情自己的过往。这真不是矫情,而是真诚地融化。

孤独感,是麦克尤恩在三十岁之前遇到的前所未有的难题。他用不同的角度来刻摹这些内心感受。他笔下的孩子差不多都是被他从生活中挑选出来的另类,这些孩子有着神性的智慧和狡黠。他们或者成为蝴蝶,飞走了,或者成为河流里的鱼,游远了。

这真让人悲伤。

之三：一个九岁孩子的全部孤独

——胡诺特·迪亚斯《沉溺》阅读札记

我觉得这版《沉溺》的封面设计颇合迪亚斯的原味，淡灰色的色调像水龙头，流进内容里，洇湿每一个故事。灰色，以及一个少年的孤独，会让人无端地想起一个中国少女，在20世纪20年代末的中国阁楼里孤独着，她叫张爱玲。

灰色的童年会催生一个作家，九岁之前，胡诺特·迪亚斯没有见过父亲，父亲是一张又一张照片，或者在母亲的诅咒里，前面的修饰词总让年幼的迪亚斯疑惑。

生于1968年的胡诺特·迪亚斯是一个有着浓重乡愁的写作者，尽管他晕车、胆小，甚至好色，他却很早熟。

九岁，是胡诺特·迪亚斯一个重要的记忆节点，他在不同的作品里都特别写到。《沉溺》的开篇小说《伊斯莱尔》，是写作者的一段乡村生活记忆，散文一样的写作样式。开始的一段他便写了他的年纪:“……那年夏天我九岁,哥哥十二岁,是他想去看伊斯莱尔……”在小说《坚持》的开头作者写道:“我生命的头九年中,是没有父亲的。”在这篇小说里,作者交代了父亲在他九岁那年接他们到了美国。

在小说里,九岁的作者化名为尤尼尔,和哥哥拉法去走亲戚,骚扰同龄的女孩子,还走很远的路,去看一个没有脸的孩子。

《沉溺》就是这样一部以一个孩子的视角来观察人世的小说集,以一个家庭的故事来反观整个移民生活的文本。阅读这本书,我不自觉地会联想起奈保尔的《米格尔街》,又或者麦克尤恩的《最初的爱情,最后的仪式》。如果从形式上来比较,这部小说集更像是一部排错了顺序的《米格尔街》。

《伊斯莱尔》是一部暑假生活纪事,我比较喜欢这种小说的结构,有着卡佛小说的漫不经心和局部感。作者在这个小说里并不完整地交代故事发生之前的“片头”,也不交代故事结束以后的走向。只是将他的暑假生活截取了一个片断,用幻灯片一样的笔法描述下来。那故事像树林里的阳光,被树叶分散却又显得朦胧、诗意。

我一直认为,《坚持》应该排在第二篇,按照作者的年龄顺序,更符合阅读者的习惯。《坚持》是整部小说集中,我最喜欢的一篇。我个人认为,这篇小说应该和最后一篇《生意》排在一起,对比着阅读,便可以完整地了解作者母亲和父亲的个人史。《坚持》写母亲一个人的苦难史,父亲去了美国淘金,母亲带着作者和哥哥两兄弟艰难度日,那些声音里都浸润着孤独的日子让这篇小说充满了深情。原来,忠实于自己的记忆,将自己的生活如实地抄录在纸片上,竟然也是好的小说家应该记住的技巧。

如果说母亲的苦难史是一次煽情史,那么父亲的奋斗史《生意》则几乎成了一篇口述实录。

这篇全书最长的小说讲述了作者的父亲在美国的创业史,是一个移民时代的苦难缩影,与其说这篇是小说,不如说是纪实文学。这篇小说让我想起虹影,她在文字里常常回忆自己饥饿的童年。还让我想起我自己的童年,听父亲讲述他外出的经历。《生意》里没有作者的影子,像是一个广播剧,或者评书。

《沉溺》是胡诺特·迪亚斯的处女作和成名作,出版这部作品的时候,作者二十八岁。然而作者凭此作品一举成名。这不由得让我想起二十七岁出版《最初的爱情,最后的仪式》的麦克尤恩。比起才华横溢的语言天才麦克尤恩,胡诺特的优点是落地,他写自己身上发生的事情,有个体的疼痛感。比起卡佛小说的那种唯美的小情调,胡诺特的小说多了一种孤独的气质。

是啊,有什么比一个九岁的孩子的记忆更坚硬,更能在树林里、贝壳上或者某个有月亮的夜晚刻下对孤独的理解呢。

当我看完这部小说集,我一下子看到坐在树上的孩子尤尼尔,他那么无助地看着母亲悲伤地坐在家门口抽烟,他觉得,他需要在记忆里刻下什么,以提醒生活里的这些小忧伤和小疼痛。

所以,我推荐这部《沉溺》,他有自己独特的孤独感,一个九岁孩子的全部的孤独感,那么精确地表达和抒情,定会击中你。

之四：巫师一样的小说语言

——阿摩司·奥兹《一样的海》阅读札记

在给我的朋友推荐《一样的海》这本书时，我是这样说的——我今天看完了此书，觉得有很多话想说，关键词如下：道德与禁止、与释放，爱以及爱，远行，梦，死亡或者一场舞蹈，性爱，洁白的以及柔软的……

这是一本非常挑战阅读的书，因为它的语言是飞翔的。

这不是一部剧本，却有着剧本一样跳跃的镜头感，我看到镜头放大后的半封信和压低了声音的旁白。阅读这本书的时候，我没来由地想到当年阅读米兰·昆德拉的《慢》的感受，每一段都可以放下来，然后停上两天，再来读，我觉得那么陌生。

这就是陌生感，仿佛这两天不见，这段我已经阅读过的情节远行了，沾染了异域的味道。总之，这种巫师一样的语言让我着迷。

这是一本充满了谜语的小说，我相信作者奥兹用心建构了这个故事的地图,从哪里出发,又回到哪里,中间的崎岖如何通过,这些都是在写作前都已经画好的图像。但是,在写作的过程中还是会打破这些计划,我读出了那些变化。

在阅读《一样的海》的时候,我总觉得它应该有一个更为哲学的名字,比如《各自的孤独》一类。小说的情节并不复杂,奥兹写了一个父亲,六十岁的会计达农先生,他的妻子刚刚去世,儿子里科一个人去西藏旅游。而这个时候,儿子的女友,一个不安分的女孩蒂塔·因巴住进了达农先生的家。她打开了达农先生的某块记忆,她诱惑达农先生,并把自己的想法写信告诉里科。这种打破禁忌的事情,在有了孤独感并在孤独的时候和自己母亲一样年纪的妓女玛丽娅上床后,里科突然觉得释然,这是一种完全超越伦理的逻辑。不信,我摘一段里科写给女友蒂塔的信:“没有关系,你让我父亲,一个瘦弱如孩子般的人,到浴室看你的身体。让他看吧,没有关系。我喜欢这主意。你牵着他的手,放在你身上不同的部位,让他感觉。他看了你,没有关系,他摸了,也没有关系。毕竟,他立即退缩了,并逃到雨中碎纸遍地的大路上茫然地游荡,没伤害到谁。没有关系,毕竟,在我是婴儿的时候,他的妻子给我喂了奶,给我换了尿布,然后哄我在她怀里睡觉。现在我的妻子对他做同样的事,不久他会变成一个婴儿。”

在这段《没有关系》的文字中,我看到了无数的镜头,大雨中的父亲、青春的身体、意念里让人颤抖的欲望、母亲,甚至还有最为纯真的孤独感。

我们每一个人,都是从婴儿成长,我们食用人世间的尘埃和道理长大成人,最终,我们将拥有足够的孤独,变回婴儿。

已经去世的母亲,常常在小说里出现,扮演灵魂的按摩师。而贝婷,日常生活中达农先生的女性朋友,一个想和达农在身体和思想上都有深度交流的女性,很快便发现了蒂塔在达农内心的湖水里投放了一块小石头。她以一个过来人的睿智给蒂塔打电话,她喜欢达农,而达农只是不厌烦她,离精神的喜欢还差几厘米的距离。但是,她给蒂塔的电话内容像一座情感的塔尖,不仅仅诠释了爱、心动、暧昧、犹豫不决等等之间清晰的区别,而且用了近乎通灵的诗句。

这些巫言一样的句子,像蘸了浓墨的毛笔在宣纸上写字,每一笔都会有个别笔画洇染出一些完全无法控制的意蕴。

用诗歌来写小说,在过去的时态,有歌德和莎士比亚。然而到了现在,奥兹接上了他们,《一样的海》用近乎全面的技术手段,告诉我们爱、性、孤独感,以及人性里最为温暖和坚定的部分,比如母亲的灵魂对儿子的预告,比如父亲对儿子女友的身体的道德抑制。

在身体这样一个意象已经不能引起读者兴趣的时候,奥兹释放了身体。他写尽了孤独的样式,和身体里最为干净和正常的欲望,还有不时充斥在年轻身体里的性,那也不过是人最为内里的一个心灵伴随物。

每一次进入《一样的海》,我都会觉得,我不是在读一部小说,我在进入一个灵魂的展览馆,小说里每一个人都有着配音演员一样的美好声音,虽然形象模糊,他们的话那么轻盈,随时会飘进我的思想里、眼睛里,甚至即将要做的事情上。

这真的是一部本具有巫术味道的小说,充满了谜语,而答案却不固定。

之五：如何喂养心里的猛虎

——《少年 Pi 的奇幻漂流》阅读札记

小说创作常常讲究叙述的难度。比如，将一个十六岁的少年抛在太平洋上，如何使少年活下来，且活得精彩。加拿大作家扬·马特尔给出了最为难以想象的附加条件，在船上放一只孟加拉虎。

那么好了，《少年 Pi 的奇幻漂流》开始了。

这是一个关于信仰的故事，一个十六岁的孩子若无信仰，在面对突然到来的灾难和威胁时，即使能侥幸逃过了风暴和沉船，那么，在救生船上，第一件事情，便是如何和小船的几个幸存者相处，一只受伤的斑马、一只乘着香蕉艇到来的名字叫作橘子汁的猩猩、一只有斑点的凶残的鬣狗和孟加拉虎理查德·帕克。在一片根本没有答案的海上，少年 Pi 开始了他的快速成长史。几乎每一个晚上，他所遇到的自然科学以及社会科学的难题，都需要一个研究者用一生去完成，要去实地考察，要采访，要总结，甚至要反复实验，最后得出结论。可是,上帝给少年 Pi 的时间往往只有一瞬间,或者一个白天。

饥饿很快将 Pi 的底线撕破,从不杀生的 Pi 杀了第一条鱼,他泪流满面地大喊,谢谢你,我的神,是你化作了神,来救我的命。这是他第一次用信仰给自己的生存做了一个支撑。

那么,活下去,意味着除了天气的影响之外,还要杀掉理查德·帕克。因为,这只饥饿的老虎,随时可能趁着 Pi 睡觉的时候,将他吃掉。

杀死老虎,有很多方法:把它推下救生艇、用六支吗啡注射器杀死它、用武器杀死它、勒死它、毒死它、烧死它或者电死它,然而,这些方法都被少年 Pi 一一否定了。他知道,除了和这只老虎对抗,慢慢地消耗老虎的体力,直至它死亡之外,别无他法。可是,如果老虎饿到一定程度仍然找不到吃的,它一定会将 Pi 吃掉的。

那么,最后他决定使用第七号方案:让理查德·帕克活着。

在一个无比阔大的空间里,个体的渺小与孤独比一只老虎更能杀死人。而少年 Pi 显然并没有主动意识到这个问题,他凭借的,是他的最为本体的感觉——宗教般的赤诚,以及对这只老虎的感情。

他用太阳能蒸馏器将海水制成淡水,给老虎钓鱼,制造自己的漂流船。少年 Pi 每天醒来的第一件事情就是祷告。然后再给理查德·帕克喂早餐,检查救生艇和自己的小筏子,写日记,以及捕鱼。

为了鼓励自己,他常常指着自己的衣服大声喊:这是上帝的衣服。然而，上帝的衣服很快被太阳晒烂了。他做的时间的记号也不准确，只能隐隐约约地猜测。大概有一天，他猜测是母亲的生日，于是给母亲唱了一首生日歌。

寂寞会催生一个人的想象力，除了和老虎交流之外，少年 Pi 几乎能吃一切海里的东西。有一天，他甚至想吃老虎的大便。当然，他最后放弃了这一荒诞的想法。

少年 Pi 和理查德・帕克的关系随着时间慢慢变得融洽，终于有一天，他可以和老虎一起捕杀鲨鱼。在海洋上，他们都失去了自己的语言。甚至，少年 Pi 想和老虎重新创造一套语言，这语言只能满足基本的交流，比如划地盘，比如表达生气或者同情。

那个漂浮在大海中的岛屿真的存在吗？在小说里，我们看不到更为坚定的态度。当然，这种诘问会让其他读者更加仔细地查阅那个岛上的神奇描述。

如果顺着这样的思路来反复咀嚼这个故事，那么，我们一定会问，理查德・帕克真的在船上吗？还是少年 Pi 为了让自己的内心不再荒凉，而虚构出来的一只老虎呢。

在少年 Pi 的感觉里，大海有许多种，其中有一种就像老虎理查德・帕克一样，咆哮，几乎是飞奔着扑向自己。又有时候，大海像口袋里的硬币一样叮当作响。当然，大海甚至经常发出呕吐的声音，这一定是少年 Pi 自己呕吐的声音，被缓慢的时间储存在记忆里，久久飘散不去。

一只老虎，如何在饥饿的时候，还对自己的食物少年 Pi 彬彬有礼,甚至还帮着他一起抓鱼。这在逻辑上是说不通的。自然环境的恶劣可以刺激人类的潜能,比如重新建立生死观以及激发活下去的勇气,而对于兽类来说,过度复杂的心理及情绪反应,都应该缘自人类的美好想象。

风的方向常常也有多种,该如何判断风会将船吹向陆地呢。有时候,少年 Pi 会根据风向扔出自己的漂流瓶,这是一个收件人不明的求救信。信的内容是这样:“日本货船‘齐姆楚姆’号,飘巴拿马国旗,从马尼拉开出四天后,于 1977 年 7 月 2 日在太平洋沉没。我在救生艇上。我叫派・帕特尔。有些食物和水,但孟加拉虎是个严重问题。请通知加拿大温尼伯的家人。非常感激任何帮助。谢谢。”

这些从 1977 年 7 月扔出的漂流瓶,会不会被人捡到。比如小说的作者扬・马特尔。

除了对着天空和食物念诵自己会背的有限的经文,少年 Pi 会写日记。在一个风向和天空都不明朗的世界里活着,日子慢慢被海水浸湿,他不仅忘记了准确的日期,连内心里的记忆也开始模糊。母亲的生日是模糊的,齐姆楚姆号货船沉没的日子也是模糊的。只有饥饿是清晰的。

他的日记都没有日期,因为日记不过是打发时间的一种方式。日记也是拯救自己的一种方式,每度过一秒钟时间,都会觉得生命有这样充实的内容和形式,而生命不仅仅是面对海水和风,还有信仰,以及对自己内心的描述。

老虎,日夜陪伴着自己的老虎,自然也必须出现在日记里。老虎也分为好几种,有一种老虎,在少年 Pi 的日记里趴着,一动不动。是的,主人自己内心疲倦的时候,这只活在内心里的老虎便也只能安静地躺在那里。因为,如果老虎不服从主人的想象,试图威胁 Pi 的安全,Pi 也许会将他从记忆里清除。

他自然不会如此做,如果没有这只老虎,大海变得格外强大,只需要一阵风就将少年 Pi 吞食掉。所以,老虎必须卧在少年的内心里,时而饥饿,时而安静。

少年 Pi 被救以后,泪流不止。关于流泪的原因,作者扬·马特尔这样写道:"我像个孩子一样哭起来。不是因为我对自己历尽磨难却生存下来而感到激动,虽然我的确感到激动。也不是因为我的兄弟姐妹就在我的面前,虽然这也令我非常感动。我哭是因为理查德·帕克如此随便地离开了我。不能好好地告别是件多么可怕的事啊!"

如果那只老虎是少年 Pi 在内心里喂养的一只虚构的老虎,那么,老虎将少年从茫茫的大海里救出,完成了使命以后,从少年 Pi 的幻想里逃走。

电影导演李安在读完这个故事以后,被故事里少年的信仰深深打动。是的,少年 Pi 在内心里养了一只老虎,合理而优雅地通过和老虎的相处,证明了上帝的存在。

对于少年 Pi 来说,上帝不只是变成一条鱼,还变成一只老虎,一直伴随着他,给他力量。

之六:欧洲70后

——《最佳欧洲小说2011》阅读札记

果然和我猜测中的一样,欧洲的70后作家们与亚洲乃至中国的70后作家并无什么不同。我所知道的中国70后小说家里,盛可以、付秀莹均和我同班,读过鲁迅文学院。包括鲁敏、乔叶、张楚、徐则臣等人也一样,都曾读过鲁迅文学院的作家班。而且,如徐则臣、盛可以、付秀莹、乔叶等人,均在文学刊物做过编辑或一直从事编辑工作。

那么,翻开这套四卷本的《最佳欧洲小说2011》,会发现,生于1972年写传奇故事的丹麦作家彼得·阿道夫森毕业于丹麦作家学校。而生于1975年的罗马尼亚作家卢西恩·丹·特奥多罗维奇一直在一份叫作《文化增刊》的周报做编辑。还有生于1977年的白俄罗斯作家维克多·马丁诺维奇毕业于白俄罗斯中央大学新闻系,一直任《白俄罗斯报》主编。同样生于1977年的黑山作家奥格年·斯帕希奇则一直在《新闻报》做文化版的编辑记者，并且曾在2007年参加了爱荷华大学的国际创意写作班。

媒体从业的经历，或者就读过作家班的经验，让这些作家们有共同的阅读体验，比如，这些人大多阅读过卡尔维诺或者卡佛，又或者读过奥康纳或者福克纳。如果再列举下去，还应该有奈保尔、塞林格、吉根、麦卡勒斯、麦克尤恩等等。总之，和我们身边的70后作家一样，欧洲的70后作家，他们的小说叙事经验大都得益于阅读。

从小说的标题可以看得出，比如葡萄牙作家冈纳鲁·M.塔瓦尔斯的《六故事》便有着塞林格的影子。更有甚者，黑山作家奥格年·斯帕希奇的小说标题《我们失去了雷蒙德——卡佛死了》，几乎是一篇为了纪念卡佛而创作的作品。

近几年，卡佛也成为中国70后作家谈论的对象，这个酒鬼、极简主义门派的开山大师，也是短篇小说写作者的一个必读作家之一。他的照相机取景一般的小说风格吸引着全世界范围内的阅读者和写作者。除此以外，卡尔维诺也是中短篇小说写作者必须要谈论的一个名字。卡尔维诺成名之前曾经长时间收集童话，所以，他的写作有着超出成年人审美的奇崛的想象力。而这些共同的阅读对象，造成了欧洲70后与中国70后的写作有稍微相同的一些模仿经验。

葡萄牙作家冈纳鲁·M.塔瓦尔斯是一个教授哲学的大学教师，他果然适合寓言写作。哲学就是抽象和具体相互转换的最终依据。在这篇《六故事》里,第一个故事经典至极。小说写了一个或许存在的国家,因为某些或许存在的原因而弥漫着悲伤的元素。于是,国家的领导人就决定奖励一些在逆境里仍然面露微笑的人。他们派出便衣在城市里穿梭调查,遇到面带微笑的人,便拦下询问,问清楚身份证号码及具体地址。不久后,这些微笑的人便收到了一张银行的支票,支票的附言栏里登记着“二月份,发现你在街上面带微笑三次”字样。有关微笑的报偿自然吸引了更多的人,不久,这个国家的街道上便有越来越多的人面带微笑。这一情形自然吸引了外媒的注意,这个国家因为逆境中的乐观精神而闻名世界。政府悄然取消了微笑补偿,但是,因为没有告知民众,大街上仍然遍布着各式各样的微笑者。

故事的名字叫作《纯真国度》,这名字充满了讽刺意义。开放式的结尾,更是让人可以有多种方向的理解。

同样是寓言式的写作手法,我更喜欢袁伟翻译的《传奇十四章》。作者彼得·阿道夫森是一个科班出身的作家。在他的《传奇十四章》里,有很多个章节都是惊人的传奇。所谓惊人,就是极为夸张的情节设计。比如他写一个屠夫,姓高,唤作高屠夫。高屠夫住伦敦城,当时伦敦初发瘟疫,高屠夫夜做一梦,于是按照梦境的要求,他变卖了家产,购买了一屋子的啤酒、脱水蔬菜和咸肉,并把自己锁在了房间里,紧闭门窗。他控制饮食,但数月后仍然断粮。如果此时出去,他必会被瘟疫缠身,无奈之下,他决定砍掉自己的一只腿,但是又必须忍住疼痛,不能晕倒,否则可能因失血过多而死。他一一做到了，直到将自己的两只腿和一只胳膊吃完，瘟疫终于结束，他才出门。他此后又活了十二年。

阿道夫森的寓言故事设计残酷简洁，而袁伟的翻译更是趣味百出，他直接翻译成了《聊斋志异》，又或者是《阅微草堂笔记》的笔韵。我抄录一段《呆命》，便可知翻译的小清新之味："从前有个呆娃，是人一眼就看得出。做娘的心灰意冷，就把这娃弄去了孤儿院。那里的人也不管也不问，连个名都不给取。起初，还有别的孩子过来戏弄呆娃，可三下两下过后，也就没了意思。呆娃大半时间就独坐一旁角落里，甚无聊。这么着一年又一年，呆娃的下巴生出了毛。第一次梦遗的那晚，得了天启。亮闪闪的天使带来一则重大消息：你叫阿恩，你是上帝。阿恩立马冲上街道，传播这喜讯：我是上帝。可谁理他呢！……"

除了这种向旧文体致敬的寓言式写作，70后更擅长的是编故事。是啊，多数70后都在20世纪90年代末期接触到网络，更在进入新世纪以后，接触了各种各样的电影叙事策略，毫无疑问的是，多媒体的发展为小说的叙事提供更好的音响设备。尽管小说叙事并不会用音乐或者影像来完成，但是，听过绝妙音乐后再来描写音乐，会更真切。看过高清图像，再来比喻世界，会更色泽丰富。

生于1976年的克罗地亚的女作家弥马·西米克是一个擅长虚构的人，她在《我的女朋友》里给自己的叙事制造了难度。小说里的女朋友是一个盲人，那么，如何与盲人一起看电影，如何描述盲人的各样感受,都是超出日常体验的事情。但是,作者有很细微的观察能力,她贴着那个盲女友的眼睛来感知这个世界,小说的叙事如电影一般,比如,我想到了金基德的那部《空房间》。

相比较想象力的丰富,我更喜欢土耳其作家埃尔桑·乌尔德斯的《职业行为》。这是一篇挑战传统写作方式的小说,小说里大量的论述让我不自觉地想到了米兰·昆德拉,又或者是后期的卡尔维诺。在《职业行为》里,乌尔德斯写了一个喜欢自作主张的恶作剧翻译家,他喜欢修改甚至改写原著的故事,比如原著里的一个人物死了,他会在翻译成自己国家语言的时候,让那个人再活过来,并主动给他增加故事。结果,他翻译的故事在自己的国家里销售量非常好,甚至远远超过了原著在自己国家的销量。他为此感到骄傲。这当然是小说,但是,这种打破小说拘囿的写作方法,用一个翻译家的腔调,将一个故事的两种方案都写了出来,实在智慧又脱俗。

作为一个小说的写作者和阅读者,我最终喜欢技术以外的东西,比如小说《寻鹅记》中的真实民情与风物。作者是罗马尼亚的卢西恩·丹·特奥多罗维奇,这位生于1975年的报纸副刊编辑,不但写散文小说,而且还做编剧,他的经历让我想到了我的朋友,同样是70后的浙江小说家海飞,他现在也做编剧。

欧洲70后的小说家,在这套四卷本的《最佳欧洲小说2011》里,所表现出的天赋和叙述经验,并没有让我感到惊讶,甚至有些小说让我觉得失望。这也是全球化时代的一个共同的失落。是啊,叙述技巧的同质化,使得欧洲70后与中国70后的作家们的差异也就越来越少了。真希望我们的差异越来越多,因为美好是因为不同才丰富。

之七：好色并不可耻

——亨利·米勒《北回归线》阅读札记

亨利·米勒直率得像个孩子，自信得像个刑场上的英雄，死不更改口供。他将自己的书定位在新《圣经》上，“所有有话要讲的人都可以在这儿讲，无须署名。我们要详尽地描写我们所处的时代，在我们身后，至少在一代人的时间内不会出现另一本书”。

他实在无法掩饰自己的才华，常常想着有一本惊世之作在自己的肚子里，是的，他有一天这样写道：“我已经有好几个星期没有深究到这一点，也许是因为我已打好那本书的腹稿吧。我就带着这本书到处走，像一个怀孕的大肚子女人在街上穿来穿去。警察领着我过马路，女人们站起来给我让座，再也没有人粗暴地推搡我。我怀孕了，我滑稽可笑地蹒跚而行，大肚子上压着全世界的重量。”

阅读亨利·米勒时，我时常会想起鲁迅先生的那句赌气骂人的话:“丧家的资本主义的乏走狗。”是的,这句话,搁在亨利·米勒这位爷身上,真是妥帖。这个在女人身体和朋友公寓间到处流浪的作家,这个看到裙子便不想放过的坏人,这位怀揣抒情诗、想象力丰富到可以开博物馆的疯子,在自己的小说里到处制造淫荡的声音。

在亨利·米勒的笔下,麻雀拉过屎后自己又去啄食,这便是世界的一个逻辑。他喜欢发现这样的生活,并为自己的发现感动。而女人们的身体呢,在他的眼里,是可以来回涂抹的画布。比如他形容范妮的样子:“她的眼睛呈一种暗淡的高锰酸盐色,乳房像成熟的红色包心菜。”乳房对于他来说自然是食物的一种,可是,如何能将一个女性美好的器官比喻成这样变形的食物呢,他可真是无耻。

在广场上,他像个摄像机,分析路过他的人的衣服,甚至是回到家里以后换上睡衣的颜色,自然,他一定会想到那个人和女人亲热时的姿势。看到一个装着假肢的妓女呢,他就坐在那里想象妓女和男人睡觉时的种种古怪。

他带着一个有宗教信仰的朋友去妓院,可是那位朋友,竟然在妓女房间的浴盆拉了一坨大便。这个连马桶都找不到的朋友,和他交流的问题竟然是,如何同时和一对母女偷情。我对亨利·米勒如此放肆的笔墨充满了嘲讽。一边阅读,一边发微博嘲笑他。我发的内容大致如下:“我正读《北回归线》。感觉是,这是个极拽的人,完全没有逻辑和技术。有时让人讨厌,有时又觉得这人天分极足,能打开我们的想象力和视野。但也只是翻翻就行了,认真就觉得没劲了。写作毕竟不能像手淫时的碎片想象,以及高潮时的胡言乱语。写作说到底还需要理智、可以抑制的优越感以及合理的呼吸节奏。"

他的想象力丰富,甚至刻意,比如,他多次将女人的脸比喻成甜菜,那一定是他日常食谱中最爱吃的食物之一。而乳房,更是亨利·米勒写作的一个主要动力。他擅长测量乳房的柔软度,以及色泽。在描述塔尼亚时,他写道:"塔尼亚也是一个狂热的人,她喜欢撒尿的声音、自由大街的咖啡馆、孚日广场、蒙帕纳斯林香烟、感人的慢节奏奏鸣曲、扩音机……她的乳房是焦黄色的,她系着沉重的吊袜带,总爱问别人'几点钟了'。"

《北回归线》如果可以起一个副标题,我相信,读者会异口同声地说出《单身男人嫖妓外史》一类的名字。仿佛除了构思他的伟大的小说之外,他在小说里不停地蹭吃蹭喝,以及蹭女人的屁股。他和一个叫范诺登的男人路遇一个饥饿的妓女,然后带她回到住处。因为十五法郎的报酬实在太少,所以那个女人并不热情地侍候范诺登,而又因为觉得自己付出了钱,范诺登尽管没有兴趣,却仍然要用身体去消费这十五法郎所带来的女孩的身体。于是,在亨利·米勒的观察下,两个对做爱毫无兴趣的男女一直在那里表演。

在他的笔下,巴黎的确像一个婊子。

虽然,巴黎只能给他落魄,他仍然离不开这个婊子。因为,他天才的想象力只有在巴黎这样的地方，才会有爆发的可能。正如他在《北回归线》里所设想的那样，在一个橱窗里，有人拿着一篇小说的前两个章节展示。这是多么美妙的想象，小说的第一个章节看完了，可以去下一个橱窗去看，而第二个章节看完了，就只能等着作者来更新了。

在《北回归线》一书里，亨利·米勒写了无数个橱窗里第一章、第二章这样精彩的开头，然而，换来一场小酒和一个女人的乳房之后，亨利·米勒便忘记了继续。他不羁而理直气壮地活在这尘世里，用近乎强奸别人的勇气对着读者说，世界将在未来一千年里领先我们的书生存，它洋洋洒洒、无所不包，其思想差点儿叫我们自己也茫然不知所措。

我×，吹牛吧就。他一定忘记了自己为了挣钱那不堪的经历了。

这个放肆而落魄的穷鬼，除了自尊，除了盲目的自信，他也没有什么内心储蓄了。所以，我们原谅他放肆的写作方式。毕竟，他展现了他自己的天分，并记录了自己真实的生活感受。

尽管在阅读的时候，我会捕捉到他躲避在荒唐里的孤独感和不安，但他自己已经被自己的放肆欺骗。这个世界对于他来说，不过是一个又一个标价不同的婊子而已。亨利·米勒想做的事情简单而形而下，如果能免费嫖了，那是最好；如果不免费，那么，他会回到住处，在小说里对世事一通大骂。

说真的，他是有些过分了。冯唐说他是流氓，我觉得这是赞美,不足以抵达他,因为,他已经接近无耻了。

唉,说到底,这册自传体的《北回归线》,写了作者的荒唐史以及放肆史。他用近乎指南的方式做细节描述,虽然对自己多是赞美,却也释放了真性情。

他让我想起略萨,那也是一个好色的人。

之八：熟人社会的三张底片

——桑顿·怀尔德《我们的小镇》阅读札记

阅读《我们的小镇》，我会将这些字一个个置换成舞台演员的台词，会想到舞台上奔走不停的演员们将我读到的这些字，一句句地说出来。语气，是的，语气非常重要。这和阅读普通小说的经验不同，普通小说，我对词语的体味更多地停在安静里，而《我们的小镇》是有声音的，阅读这样一个剧本，我常常会被里面台词的语气吸引，甚至打断。

是的，我被某个人的一句话带到自己的童年，或者我的故乡里。

尽管是美国一百年前的作品，但是，作为一个小镇，它在世界上仍然有着时间的公约性。也就是说，当我们看到这个被怀尔德无数次重复表述的小镇，仍然可以想到自己的故乡，甚至将自己故乡里的人和故事代入这个剧本里。

第一幕里的医生,他熟悉小镇上所有人的身体情况。他不由得让我想起我们村里的医生。而恰好,我的小学同学里也有一对双胞胎,这让我阅读时无端生出亲近感。当然,我乡村生活的记忆,并没有如此文明的秩序,比如牛奶工以及报社总编,可是,哪个村镇没有一个广播站呢。虽然没有送牛奶的工人,可是我童年印象最深的,是摇着拨浪鼓在街巷里卖吃食的老人,他总能定期地将世界上丰富的味道传递给我们。即使我们没有钱来买,但也总能凑在他的箱子边上,狠命地闻一下他出售的零食的味道。

这种种代入式的阅读体验,让我一边阅读同时也一边梳理自己的乡村记忆。

这些记忆有的脱离这个剧本,向着遥远的故事情节走了,让我忘记了阅读。所以,这册薄薄的小书,我读得很慢,却也因为这缓慢的节奏,而更加喜欢这本书。

怀尔德的简介里有一段文字,非常吸引我,他竟然在中国居住过。他的父亲曾经担任过美国驻华总领事,为此,他在中国的烟台居住过,甚至还念过书。

烟台的生活经历会不会对他造成影响,不好论述。但是,《我们的小镇》里所描述的熟人社会的亲情和友谊的确有和我们的传统文化相近的地方。怀尔德笔下有合唱团,我不由得想起乡村喜宴或丧宴上的响器班,他们吹唢呐,唱悲伤的地方戏剧,都是对我童年生活的文化补充。

如果说《我们的小镇》第一幕是春天,是孩子童年或者少年的记忆,是一张青涩而泛黄的照片。那么,第二幕是堆满糖果的一场婚宴底片,仿佛,只要在暗室里冲洗一下,便可以将整个场景复活,声音和色彩随之而来。医生的儿子乔治要娶报社总编的女儿艾米丽,竟然和中国的传统文化一样,在结婚前的一天,新郎和新娘不能见面。一百年前的美国和20世纪80年代的中国相似,我的少年时代的记忆也是如此的。而结婚所展示的,不仅仅是青春和欲望,更展示了美国底层小镇的风情和民俗。噢,对了,还有音乐。我记下了那音乐的名字,是手风琴拉出来的《广板》。

第三幕是伤感的油画,需要有光线直射过来,远远地看,才能分得清这底片上悲伤的层次。

是的,第三幕描述了小镇上的死亡。自然,我在阅读的时候,又一次想到了我的乡村的死亡事件。和怀尔德笔下的死亡不同的是,中国乡村的非正常死亡并未引起人的重视。是的,这和中国历史的逻辑有密切关系,中国历史的逻辑从来是个体依附在集体甚至国家命运上,个体是不值得记录的,除非是英雄。而在怀尔德的笔下,每一个人的死亡都是小镇历史的一次重写。他对个体的尊重在这张底片上被放大,个体因而显得饱满而生动。

剧本和小说的区别在于,除了故事叙述的结构更为复杂以外,剧本有声音和人物活动的画外内容。比如在第三幕,除了舞台经理的画外解说,还有像回忆短片式的插曲。这种闪回一般的黑白镜头,插在正在进行的剧情里,让大家知道,故事是怎么开始或者结束的。

已经死去的艾米丽,在小说的叙述中很难再度回到故事里,可是,在《我们的小镇》这个剧本里,她又回来了。不仅如此,她甚至还可以隔着死亡与现实的空间,和没有死去的人进行对话。这种"穿越"是超现实主义的尝试,是完全将时间打断,将故事正在进行的纵深打破。是的,作者将情感放在了第一位。这个时间,剧情需要的不是逻辑,也不是时间的顺序,而是情感的满足。我想到什么呢,我想到我幼年时看到一出巫婆的戏剧。未成年死去的人,始终不肯离开家庭,每每在深夜的院子里哭泣,于是,巫婆便采取让死去的人鬼魂上身的方法,和逝者家人对话。一问一答,俨然是活着时的样子。直到家人满足了死者的愿望,鬼魂方离开巫婆的身体。我每一次看到这样的巫婆演出,都兴奋不已。而怀尔德在《我们的小镇》里实现了这些。

《我们的小镇》制造了熟人社会的一个通用叙述模式。差不多,桑顿·怀尔德是写下了整个美国的小镇史,甚至是全世界的小镇生活史。不仅仅是小镇的风情史,也写下了,他们的生活方式和价值观念,当然,还有喜悦和悲伤。

之九：艾丽丝·门罗的气味小史

——《快乐影子之舞》阅读札记

有过饥饿史的作家擅长写吃，莫言便是其中的一位。同样，有绘画经历的写作者，多数都会对色彩敏感，在词语的选择上便多了些色泽，让自己的写作趣味从众生中脱颖而出。

作为家庭主妇的门罗，她的个人史简单之至。阅读她的小说集处女作《快乐影子之舞》，能感觉到她对气味的敏感。这除了和她童年成长的经历有关，也和她长时间在厨房里对生活之味的参与相关。

生活遍布气味，从哪里入手最为生动呢？艾丽丝·门罗的做法是回到童年。是啊，童年多好啊，差不多，童年都是被雨水洗过的记忆。开篇《沃克兄弟的放牛娃》，像一部泛黄的彩色胶片电影，差不多被手摇着播放出来的时候，会有很多雪花点在故事里。这是时光沾染了灰尘的常见结果。世间的事情，都必须沾染灰尘的，包括气味。小说以一个小女孩的视角观察这个世界,父亲是一个养狐失败的生意人,不得不做沃克兄弟公司的推销员,母亲呢,显然是一个影响了小女孩一生的人。母亲虚荣,常喜欢穿着漂亮的裙子,并把女儿也打扮得漂漂亮亮的,一起出门。为了吸引路人的注意,母亲甚至喜欢用着剧场演员的腔调,热烈地叫她的名字。噢,这是有些让人受不了。可是,这样的记忆总像刻刀一样,刻在作家的内心里,母亲的声音连同新衣服的气味,一起保存下来。多年以后,终于写在了小说里。父亲是故事的主角,他呢,有一天,带着女儿和儿子一起去做推销,在返程的路上,突然选了一条平时不走的路,到了一户人家,和那户人家的女主人谈了谈心,跳了跳舞,然后便回到了家里。当然,不用说,这是他以前的心上人。这样的故事在东方审美里也常见到。可是,在艾丽丝·门罗的笔下,便多了一些况味。这些况味在一些闲笔里,在孩子的视角里,在慢悠悠的伤感里。小说用孩子的视角收集着乡间的风景,近乎写实的推销员对话,和那个叫诺拉的女人身上的古龙水的味道。当然,当留声机响起来,喝过酒的诺拉教"我"跳舞以后,又有了新的气味。艾丽丝·门罗这样写:"诺拉一直在笑,轻快地转动,她奇异的兴奋把我包围了。她散发出威士忌的味道、古龙水的香气,还有汗水的气味。"

就是这样,气味出卖一个人的心情。多年不见的情人来看望自己,诺拉开心又怅惘,对情人的女儿好一些,差不多就是和情人温存的另外一种方式。这样暧昧的小情愫,孩子哪能体味。在父亲买了一包甘草糖给孩子之后，故事的温度突然就升高了。夜色虽然来临了，可是，小说的主角，父亲，长久地陷入伤怀之中，谁也无法拯救这样的伤怀。

底层人最为真实复杂的生活现场也是艾丽丝·门罗多次用小说进入的场景。《重重想象》又一次回到了童年视角。门罗对气味的敏感体现在她不放过每一件食物或者每一个人物的身体。在写到玛丽的气味时，她这样写道："在屋里，我永远会闻到她的气味，就连她很少进去的房间都有。是什么气味呢？像金属，又隐约像某种香料，或许是丁香？她最近牙疼。或者像我感冒的时候，往胸口擦的配方药水。"总之，一个孩子，总是对现实世界多一些观察的维度，他们的时间远远慢于大人，他们永远在捕捉生活的细部，所以，他们才是哲学家，是真相的拥有者。和爸爸一起去看陷阱，这是门罗叙事渐进的策略，这一次不是去会老爸的情人，而是去看掉在陷阱里的动物，比如麝鼠。在检查陷阱的路上遇到了一个怪人，他手持一把斧头，砍来砍去的。直到故事的最后，才知这是一个精神出了状况的疯子，老是狂想着有一户人家要来杀他。可是，他想象的那户人家根本就不存在。

门罗的小说有很多闲笔，近于黑白照片一般地贴在墙上，一帧一帧的，总让人陷入旧光阴里。这种煽情增加了小说的可读性，且又将小说的时间维度拉大，让人在现实与过去之间来回穿越，生出更多的想象空间。

《快乐影子之舞》的十五部短篇里,我最喜欢的是这枚《有蝴蝶的那一天》。它让我想起麦克尤恩的《夏日里的最后一天》。我甚至想,或者麦克尤恩是模仿门罗。同样的少年视角,同样的温暖故事。相比较麦克尤恩词语的华丽,门罗有的是对人性最为深邃的挖掘。

《有蝴蝶的那一天》仍然以一个少女的视角进入小说,"我"呢,仍然是一个对气味敏感的女孩,比如她所闻到的迈拉的味道:"说实话,迈拉身上真的有一股味道,仿佛是坏掉的水果散发的腐烂的香甜味道。迈拉家开了一家小水果店营生。她爸爸整天就坐在窗户边的板凳上,衬衫在他鼓鼓的肚子上敞开,纽扣上方露出一丛黑毛来。他嚼大蒜。"

一段话,将迈拉家的气味都写尽了。迈拉有一个弟弟,因为常常尿裤子,而不得不由迈拉照顾。同学们自然疏远迈拉。"我"自然也是疏远的。可有那么一天,"我"恰好早早地来到学校,遇到了正在前面走的迈拉姐弟两个。本来"我"不想和迈拉打招呼的,可是迈拉发现了"我"之后,突然停在前面不走了,甚至转过身来想等着"我"靠近。本来是怕有人看到"我"和她走在一起的心境在那么一瞬间变化了,艾丽丝·门罗复制了自己的童年记忆,她深刻而准确地描述了"我"的心境:"这谦卑的、满怀希望的转身举动之中的谄媚还是对我起了作用。这么一个为我度身定做的角色,我忍不住想去扮演。我为一股自以为善良的快乐而激动,甚至想都没想怎么办，便叫道：‘迈拉！嗨，迈拉，等一下，我有爆米花！’”

迈拉从“我”的爆米花里发现了一个蝴蝶饰品，“我”送给了她。甚至，“我”还找了一个理由，说是谁发现了就归谁。这让迈拉充满了被施舍的自卑。

然而，迈拉的可怜并没有停止，很快，她因为生病辍学。在一家乡村医院住院。班里的学生们商量着，给迈拉买一些礼物，去看看她，给她过一个生日。

迈拉显然很意外，她觉得自己并没有这么重要。别说是同学和老师，就是父母亲，也并没有给她什么优待。所以，她意外。再则，她被同学们热情的礼物吓到了。

然而，当探视时间结束了，同学们就要离开的时候。迈拉突然叫住了“我”，她将一个装着镜子的人造革盒子递给了“我”，说：“东西太多了，你拿点。”

“我”之前便注意到了这个礼物，不知是不是因为“我”的某个眼神给了迈拉暗示，又或者此事纯属巧合。总之，迈拉所选的东西打动了“我”。然而，只是一瞬间，就在“我”已经答应了迈拉的赠送，并准备表示感谢的一瞬，同学们在街边追逐玩耍的声音传了进来，一时间，“我”被现实中同学们会如何评价“我”被迈拉叫住这件事困惑。“我”后悔接受迈拉的礼物了，“我”甚至应该和同学们一起离开。总之，“我”的内心的变化将单纯善良的孩子形象扑灭，一张灰暗的脸夹杂着成人的审美和虚荣，直逼得迈拉也不得不显示出成年人的嘴脸，自然，这一切也许只是缘于“我”的想象，在想象里,“她(迈拉)坐在高高的床上,她优雅的棕色肚子从不合身的病号服里伸了出来。”到这里,小孩子因为有了丰富的物质之后人性已经完整了。

当然,即使是从迈拉的医院里逃出来,“我”也没有忽略那医院的气味:“我自由了,从已经包围迈拉的、众所周知的、庄严的、散发着乙醚气味的医院生活的种种壁垒中逃离开来,从我自己内心的背叛中逃走。”

气味,几乎是艾丽丝·门罗写作中的一个结构故事的方式,只要有气味,仿佛故事的节奏便有了,推进的镜头也有了。在《男孩和女孩》里,布满了狐狸的臭味。在《快乐影子之舞》里,教堂的气味又或者口红的气味,又或者中年女人身上清洁剂的气味。这所有的气味都在人物出来之前便到了写作者艾丽丝·门罗的眼前。是的,正因为,她对气味的细致梳理和档案记忆,才有了她写不完的人物。这些人物是气味的代指,也是气味的总和。总之,门罗用一个在厨房里忙碌的家庭主妇的鼻子捕捉了整个世界,而且,她又写活了这个世界。

她真是一个有气味的作家。

之十：非洲小说家的政治野心

——《非洲短篇小说选集》阅读札记

文学一开始是属于政治的附属品的，所谓民间文学或文艺，多数与劳动或男女私情有关，这种自然而隐秘的文艺产品一旦被发现，成为标本，那么便一定会打上统治者的印记。

被规训或者被梳理过的文学生产常常会成为庸常生活的点心。文学究竟在什么时候背叛了这些，成为政治的刺客，甚至是敌人的呢？推论起来，不外是政治的定式被人民的审美所厌倦，抑或是政治的高压成了使得人民的智商日益降低，最后不得不爆发，以恢复人性以及人格的完整。

阅读非洲小说家的小说，能感觉到一股浓郁的对现实政治的刺客情结。翻开这些作家的简历，更是让我吃惊，肯尼亚的作家恩古吉·瓦·提安哥，曾因一部话剧被肯尼亚政府拘留一年，甚至于1982年以后被迫流亡国外。同样，莫桑比克的作家翁瓦纳也当过政治犯坐过牢。南非的作家埃塞基耶尔·姆法莱勒也曾被流放到尼日利亚、肯尼亚、法国和美国。值得一提的是,这册《非洲短篇小说选集》还有一个作者叫乔莫·肯雅塔,是肯尼亚的总统。

我喜欢阅读这册小说集中有着启蒙意义和反思精神的小说文本。《假先知》与其说是在写一个骗子的悲剧,不如说是对一种利用信仰愚昧民众方式的揭露。塞内加尔的作家奥斯曼本身就是一个电影导演,做过渔民、管道工、机修工、砖匠和搬运工的他,有着超出常人的底层生活经验。他的创作有着底层人特有的辛辣和讽刺。在《假先知》这个短篇里,他塑造了一个靠着欺骗发了一笔小财的假教徒,最后被一个抢劫者将财富抢走的故事。小说虚实结合得微妙,作者将假先知被抢劫的细节放到了梦境里,然而,醒来以后,他的确被抢了。那个抢劫者熟悉他的历史,在抢完他之后,还问他:“问问真主谁是贼?”是啊,尽管他的财富被抢走了,然而,他仍然无法改变自己是一个贼的事实。

诺贝尔文学奖获奖作家纳丁·戈迪麦的短篇小说《特赦》则直接写了一个政治犯被释放前后的故事。小说以政治犯妻子的口吻叙述“等待”是一种什么的内心情状。等待政治犯回来的过程几乎可以象征着等待一个政治清明的现实世界一般。然而,在这过程中,必然伴随着煎熬,甚至冲动地前去探望丈夫,结果因为没有办好探监证件,而没有机会见面。这篇小说没有结构,叙述几乎是失败的，小说唯一的价值在于，它传递出了人民普遍觉醒之后，对某个不同于自己生活方式的“政治犯”的同情之心，甚至愿意帮助他们。小说里的政治犯们都被关押在一个海岛上，作者写道，只要是往那个小岛上去的人，多数是探望政治犯的，即使是没有钱，当地的人也会想法帮助他们上岛。所有这些细节，传递出来的是一种底层人民虽然蒙昧，但却始终保有良知的美好。而正是这种美好的人性，才使得所谓的政治犯们有了启蒙的对象，未来的生活才有可能会更加美好。小说的主题是“等待”，这等待也才有意义。

终于要说到《刺客》了，这部极具况味的讽刺小说，让我读了两遍。我喜欢至极，甚至想要改写它，我觉得这篇小说仍有不完美的地方。小说作者东加拉是刚果人，写诗，写小说，有趣的是他却在法国的大学里教授化学。《刺客》近乎寓言，刺客是谁呢？是“那个人”。东加拉在小说里虚构了一个近乎铜墙铁壁的宫殿，这个宫殿里住着国父——最高领袖——启蒙者——武装部队总司令——人类中的天才。这位独裁者的宫殿是什么样子的呢：“一位获得战争学和反恐专业学位的以色列教授设计的坚不可摧的圆形安全系统，宫殿方圆五百米都有全副武装的士兵站岗，每十米有一个岗哨，二十四小时值班。宫殿外还有一条护城河，河里养着非洲鳄鱼和印度鳄鱼，还有从中美洲进口的凯门鳄。护城河后面是一条壕沟，沟里养满了黑色和绿色的眼镜蛇，这些蛇的毒液能让人一命呜呼。城墙高达六十英尺,用砖石建造,雄伟壮观。墙上布满了瞭望塔、探照灯、铁钉、铁丝网、碎玻璃。”然而,就是如此复杂的保护设施,国父还是被“那个人”暗杀了。之后便是对这位刺客的疯狂搜捕,关于这位刺客的官方说法像谣言一样在传播,一会儿说警察发现了他的行踪,一会儿又说他藏在某个村庄里。警察的做法是,到一个村子里,如果找不到刺客,就烧掉村庄。刺客是化了装进入宫殿杀掉国父的,所以,当刺客站在警察的面前时,他们根本认不出来。村庄里的人自然不知道他就是刺客。当警察随便找一个人替死以威胁村里人供出真凶的时候,找到了他。他心安理得地赴死,因为只有他一个人知道他是真正的刺客。当警察将他打死,村庄仍然没有供出真凶时,警察带着人去下一个村子去寻找“那个人”了。

这篇充满了隐喻的小说几乎是一章启蒙的宣言,作者有着极强的政治野心,他用近乎呐喊的方式来讽刺暴政。

如果从小说结构上来说,这册《非洲短篇小说选集》所选的小说风格各异,有的几乎算不上小说,比如肯尼亚总统肯雅塔的那篇《丛林里的绅士》,不过是一篇小故事,或者小寓言。若是从叙事的成熟度来说,我喜欢提安哥的《片刻荣耀》和翁瓦纳的《爸爸、蛇和我》。这两篇小说,一篇写底层生活,一篇描述成长史,都充满了叙述技巧。

最让我欣赏的,当然是非洲小说作者对现实的介入,对政治生活和政治态度的直面和质问,几乎有了知识分子小说的特性,这似乎让我们看到一个文明的非洲正通过文学的方式向世界展示的先兆。

之十一:和小说开一个玩笑

——波拉尼奥《美洲纳粹文学》阅读札记

笼统地介绍一部作品,最容易吸引读者。比如,我曾这样向友人介绍波拉尼奥的这册《美洲纳粹文学》:这是一部书评集。作者写了三十二个的作品的评论和生平介绍。然而,这三十二个人在现实中是不存在的。是的,作者虚构了三十二个作家和诗人,并很负责任地虚构了这些作家和诗人写作出版的小说、诗集的内容。甚至这些作品在出版后所引起的社会反响。

说到这里,听者大多心动了。这简直是一部想象力博物馆啊。一个作家,用超强的分类以及结构能力,凭空制造了一部文学史。

然而,细读进去以后,却又会觉得,这种展示自己虚构能力的智慧,因为剧情被透露,而显得单一。当读者知道,波拉尼奥笔下的每一个人物的生平都是精心制造的阅读陷阱时,一开始积攒下来的那些个欣赏,此时成为挑剔,甚至开始敌视波拉尼奥,觉得波拉尼奥不是在创造一个牛×的文体,而是在卖弄自己排列组合的能力。

不得不说,这样一种写作形式,在文学史上前所未有。除了要写出不一样的作家的存在感,波拉尼奥还要设计作家的作品所涉及的不同领域,尽管这些设计并不要求深刻而通透的知识,但仍然需要一些资料积累和百科查询。

波拉尼奥四十岁开始写作,五十岁离世。一共十年的写作时间,却留下了十部长篇小说、四部短篇小说集,还有三部诗集。

这惊人的数量以及超越的作品质量,让我们惊讶于一个天才的创作总有着一股言说不明的秘密。这秘密如果非要说出来,那自然是在四十岁之前,波拉尼奥惊人的阅读量。

在《美洲纳粹文学》这本书里,波拉尼奥几乎调动了自己全部的阅读储存。开篇,波拉尼奥便让门迪鲁塞家族的姐姐埃德米拉·汤普森熟读爱伦·坡的一篇《家具的哲学》,甚至让埃德米拉痴迷于这些家具,并在现实生活中按图索骥,去一件一件购买这些让她着迷的家具。

在这部文学史的缩略本里,波拉尼奥让一个作家在死去多年以后成名。还让一个叫希尔维奥·萨尔瓦蒂科的作家提出非常多的主张,这些主张罗列出来,非常有创意:恢复宗教裁判所;恢复当众体罚制;实行一夫多妻制;削减有犹太血统的公民的权利,大量吸引来自斯堪的纳维亚半岛的移民,让国民的皮肤逐渐变白(因为西班牙人与土著人多年混血后皮肤已经发黑);提供终身文学奖学金;免除艺术家的所得税……这一系列天真烂漫的主张和设想,又何尝不是波拉尼奥自己的鬼点子呢。

还有一个巴西人,叫路易斯·丰泰那·达·索萨,被波拉尼奥塑造得异常有趣。这位作家最喜欢做的事情是驳斥别人。从21岁那年开始驳伏尔泰,他先后出版的图书还有《驳狄德罗》《驳达朗伯》《驳孟德斯鸠》《驳卢梭》,在这里需要停一下,因为驳完卢梭不久,他便住进了精神病医院。哈,波拉尼奥可真够损的。可故事还没结束,出院后,路易斯继续他的写作,书的名字比原来也长了一些,比如这本《驳黑格尔,首先简要地驳马克思和费尔巴哈》。

好玩的是,三十九岁这一年,路易斯大概是恋爱了,突然出版了一本言情小说,小说的名字叫《对手的搏斗》,虽然销量很小,但引起了评论家的关注。

这位患有精神病的作家死时所听的音乐还是不俗的,是阿根廷作曲家蒂托·瓦斯克斯的唱片,这一点,还是暴露了波拉尼奥的音乐爱好。

古巴作家马松是波拉尼奥虚构的一个比较有趣的人,他在自己的小说里写藏头标语,审查出版的官员们读他的小说,经常发现他的某一个章节的第一个字母组合起来是:“希特勒万岁”,或者“给你们每人一堆狗屎”。于是,他进了监狱。

这册《美洲纳粹文学》所罗列的这些风格多样的作家,他们的生平故事便是波拉尼奥的小说情节。他们的作品所描述的内容,也是波拉尼奥借他们的叙述方式来表达自己欣赏或者嘲笑的内容。这些内容的谋篇布局,虽然费尽了心机,但呈现给读者的,却是一个疲倦的人物生平线描。这些作家的形象不管多么有差异性,但对于阅读者来说,总觉得对于这样一个又一个不存在的人的背景和描述,实在没有必要认真地阅读。

波拉尼奥高估了自己巧妙的构思能力,他没有想到,他如此严肃的书写,不过是用正经的语气和大家开玩笑。一开始的时候,听者会上当,甚至轻信了波拉尼奥的言说,等大家看到一半以后,突然会觉得很泄气。

这些被架空了背景的作家和作品,在现实中找不到相比对的作家,即使波拉尼奥偶尔拿出两个现实世界中真实存在的作家进行讽刺,但也不能摆脱排列这些面孔模糊的作家的无力感。是啊,这些作为小说人物的作家,他们作为纳粹时期的写作者,他们的罪恶感被淡化,被玩笑化,甚至,连波拉尼奥在文本里呈现出来的讽刺意味,也有了莫名其妙的泡沫感。在一个对纳粹文化并不了解的陌生人来说,这部作品没有任何揭露的意义。

技术和卖弄,有时候对深刻的揭示是一种否定。所以,这部和小说开玩笑的小说,并没有取得波拉尼奥自己所预想的结果。

和小说开玩笑的作家有很多个,比如昆德拉,比如卡佛。而波拉尼奥是最越位的那个,《美洲纳粹文学》,一本好玩的书,一本想象力奇特的书,却也是一次并不成功的文学虚构,一次没有难度的文学试验。

之十二："高明"的失落和"无意义"的成功

——米兰·昆德拉《庆祝无意义》阅读札记

米兰·昆德拉敌视庄重的生活态度，比如，他不喜欢诚实或者正直，因为诚实或者正直意味着占有着某种道德上的优越，世俗自动配给了诚实和正直一种俯视别人的权利，使得那些自认为诚实和正直的人有了绑架别人也和自己一样的欲望。这种单细胞式的片面生活，米兰·昆德拉自然不喜欢，所以，在他的小说《庆祝无意义》里，他让一个人撒一个不必要的谎言。

这个谎言实在无聊，达德洛在医院里做完了关于癌症的检查，三个星期以后，他去医院取结果。结果是好的，死神没有看上他。可是，这巨大的喜悦并没让他感恩生活，让他有新的信仰，甚至投入公益事业，这些都没有，这些都过于世俗了，昆德拉不喜欢这些过于主题集中的人生态度。达德洛在公园里遇到拉蒙的时候，他没有和拉蒙分享他重获新生的喜悦，而是骗了他，他告诉拉蒙，自已患了癌症,可能不久于人世,所以他求拉蒙帮他找人,来帮他组织一个生日鸡尾酒会。

这就是《庆祝无意义》这部作品的开头。

米兰·昆德拉从来不是一个热爱讲故事的人,他对生活细节的抽象能力超出常人多倍,所以,他的小说从来都是哲学笔记。他关注日常细节里悖反常理的部分,并一点点清理掉我们认知的灰尘,让生活本来的意味呈现出来。

米兰·昆德拉时时出现在自己的小说里,他是导游,同时也是百度百科。他负责清洁阅读者的认知误区。是的,在米兰·昆德拉的笔下,一切都是有意义的,唯独有意义的部分是无意义的。这有些拗口,但这的确是他的写作特质。

作为一个资深的身体研究者,在《庆祝无意义》的开端,米兰·昆德拉便发现,时代的变化是从女人裸露的部位开始变化的,从很早之前的露腿、露乳和露臀,到现在变成了露肚脐。

这是小说中阿兰的疑惑,自然也是米兰·昆德拉的疑惑。在小说中,阿兰对肚脐的敏感源自他的母亲。这个从未打算将他生下的母亲,自杀未遂,变成了杀人者。

这一身份转变的过程本身就是一个曲折而漫长的故事,可是昆德拉几乎是一笔带过。阿兰母亲是一个游泳健将,她不想生下阿兰,去自杀,可是却被另外一个年轻人看到,那人跳到河里救阿兰的母亲。阿兰的母亲喝水,将自己的肺部灌满了水,正等着沉水的时候,她看到了那个男孩。她马上想到自己的以后,她会被男孩救起,人工呼吸,警察,救护车,甚至是记者采访,那个男孩成了救人的英雄,而她成为一个笑柄。她为何要承担这样的悲剧,于是,她反转过来,将救自己的男孩溺在水里,自己呢,不知为何又突然决定钻出水底,活下去。

这就是米兰·昆德拉的小说,他不负责建立一个逻辑流畅的故事。在医院里检查过后没有患癌的达德洛不知自己为何要说一个让人同情的谎言:他被查出得了癌症。同样,阿兰的母亲也不知自己为何突然又不想死了,杀掉了救自己的人,却逃离了那条河。

这样的写作充满了挑衅,可以说,米兰·昆德拉的小说是对政治的一种暗讽,他写出了历史感。阿兰的母亲逃离自杀的现场,却杀死了救她的人。真相只有她一个人知道,她不说出来,那么这个男人的死就成为一段谜语。历史有时候也是这样丢失的。

让我喜欢的还有斯大林的那个故事,哲学味道十足,大抵是这样的:斯大林有一天决定去打猎,他穿上一件旧夹克,系好了滑雪板,拿起一支长猎枪,跑了十三公里。这时候,他看到前面一棵树上停着二十四只鹧鸪。可是,斯大林查了自己的子弹,只有十二颗,于是,他开枪打死了十二只鹧鸪。然后呢,他飞快地滑了十三公里,回家又拿了十二颗子弹,他往回再滑十三公里,找到了那棵树,又将剩余的十二只鹧鸪打死了。

斯大林是讲给赫鲁晓夫和他的小伙伴们听的,让读者惊讶的是,赫鲁晓夫的反应是,这不可能,这不合逻辑啊。斯大林撒谎、骗人。但是,他又不敢当着斯大林的面去说他骗人啊,只好在卫生间尿尿的时候骂斯大林。

这真是一个绝妙的讽刺。这就是米兰·昆德拉的高明,他讽刺在一个绝对权威的体制下,这些下属们的思维方式的窄狭。明明斯大林是在用严肃的方式给他们讲一个笑话,可是,这帮傻×因为受到惯性思维的影响,根本听不出斯大林在讲笑话。

当然,这个故事也有另外的解读方向,那就是斯大林本来就是要用这样一个并不合逻辑的故事,让听者相信,让听者自己去证明这些是真的。时间久了,这些荒谬的事实都会成为真理的。

想一下便可知,所谓的洗脑,所谓的指鹿为马,所谓的虚构历史,我们每一个人不都正在经历,甚至曾经读到过吗?

然而,在米兰·昆德拉的笔下,高明也是无意义的,而无意义却是高明的。

比如《庆祝无意义》中的达德洛和卡格里克。达德洛是一个见到漂亮女人就会灵感爆发的男人,会突然变成表演型人格,出口成章,幽默风趣,甚至智商也高出常人两格,成为聚会朋友圈的中心人物。本来,达德洛以为自己如此卖力地为女人表演会赢得女人的好感,哪知,躲在一旁的卡格里克则完全相反,他呢,几乎不说一句能证明自己是一个与众不同的人的话,他声音也很低,几乎是被众人的喧嚣所淹没的。

这不正是日常生活中的平庸的人生吗?可是在米兰·昆德拉的注释下,这样的行为才是高明的、有效果的表演。卡格里克用自己这种温和而又融化自己的谈话风格与晚会女主角建立了关系,并随着时间的拉长,一点点将两个人的交集扩大。虽然卡格里克所说的事情稀松平常、毫无趣味,甚至没有一点儿意思,但是却让听者感觉舒服。

女人在一个人数众多的语境里,恰好所需要的是这种不需要动脑筋的松弛感,而不是和最喜欢卖弄的那个男人斗智慧。那多累啊!

于是,高明的达德洛没有任何收获,而说了一晚上无意义对话的卡格里克则收获了一段感情。

米兰·昆德拉的写作常常具有如此启蒙的效果,他并不确定自己的写作指向。既可以如此解读,也可以远离这个解读,从相反的方向理解。

凯列班是一个有趣的人,他是一个演员。在给达德洛办的生日酒会上,凯列班给自己设计的角色是这样的:扮演一个不会说法语的仆人,自己创造了一种语言,而这种语言谁也听不懂,包括他自己。米兰·昆德拉这样写他:“不妨即兴一连说上三十秒钟的虚构语言试试。你轮着重复同样的音节,你的胡说八道马上会被揭穿。”

这的确是一件很难的事情,然而同时,这也是一件非常没有意义的事情。比如凯列班,他自己挑战自己,在语言的制造上,动用了自己的舌头和唇齿之间很多陌生的摩擦方式,来完成他是一个巴基斯坦人的表演。结果,他发现,他如此卖力、觉得如此好笑的一件事情,对于其他人来说是没有意义的,客人听不懂他说什么,也就不再听他说什么了。

结果,他精心准备的表演,成为一件无意义的事情了。

不论是相对于“高明”来说温和而平庸的“无意义”,还是扮演成巴基斯坦人真诚表演的无意义,其实都具备着另外的解释空间,在一个向度上,他是无意义的,比如卡格里克在酒会上所说的一些日常的话。而在另一个向度上,无意义又起到了非常良好的作用。

反过来,扮演巴基斯坦人说着别人听不懂的语言的凯列班,对于听不懂的客人是无意义的,而对于他自己,他觉得是一件特别有意义的事情。不仅仅是幽默和风趣,已经是一桩严肃意义上的荒诞和好笑了。

《庆祝无意义》这篇小说,极短,却又烙上了米兰·昆德拉的印痕。他写了一些人活着的状态、思考的角度,还有对意义的批判和抛弃。这本书的名字几乎可以这样理解:庆祝一件没有意义的事情是多么值得庆祝的啊。

是啊,这没有意义的事情是多么有意义啊！这样表述,既缠绕,又准确。

第三辑　向下:湿度

之一:陌生感

——中篇小说《我的前半生》写作札记

最近两年写宣纸,常气馁,但更多的收获是喜悦,因为陌生感。毛笔在宣纸上行走的时候,因为墨汁的浓淡不同,常常会超出我的经验。笔走得慢了,便会有墨团洇在纸上,成为笨拙的一团黑。走得快了呢,也不好,想要表达的结构因为匆忙划过而没有建设成功,意境便也破坏了。那么,规律呢?却没有,每一次写,都有不同的感受,这些感受逼迫着我在笔和纸接触的瞬间便要做出判断,是快还是慢,是笨拙还是聪慧,是婉转还是平铺。总之,这些陌生感拯救了我不甘平庸的内心,在一次次书写时,我像一个没有重心却并不摔跤的滑冰者,找到了自己最协调的姿势。

写小说和在一张宣纸上写字一样,常常会因为一开始酝酿时的情绪浓淡而变化不定。有时候,一个小说想了很久,仿佛坐下来便可以写就。其实不过是浓墨调好了以后的第一笔,墨水在纸上停顿的瞬间就将四周洇湿,成为试笔时最尴尬的开始,甚至会打乱即将开始写的内容。

照理,小说应该写自己最为熟悉的领域才好,那样不容易出现常识错误,以及日常逻辑的混乱。可是,我依然认为,陌生感也是写作者最重要的追求之一。

最熟悉的事情常常像一个狭隘的空间,束缚写作者的笔墨。写作是打开自己的过程。每一次写作,如果在写作过程中不能打开自己的感官,不能将自己的味觉和视觉以及听觉都用上,我就会觉得枯燥。

开始中短篇小说写作之前,我写过诗歌、散文和长篇小说,这样的写作练习对我来说,最重要的收获是消除了表达的饥渴。是啊,撒欢用诗歌,装深沉用散文,泡妞用长篇累牍的甜言蜜语。那些青春期叙事如今看来荒诞不经,却也是经久的营养。

所以,开始中短篇写作的时候,我常常想,我一定不会在小说里写自己。"我"其实暗藏了一个时代,几乎,我是被时代抛弃了的人。我对我的熟悉有时候像背诵过的课文一样,觉得平庸,甚至俗不可耐。

写旧时的我,可能会有些距离感,比如,我曾经写过我十岁时的乡村生活,后来结集出版,叫作《小忧伤》。怎么说呢,这种隔远了回放自己镜头的感觉,就像是在宣纸上写自己的名字一样,虽然熟悉异常,可每一次入笔和收笔时快慢稍有变化,便有了完全不一样的形状。

《我的前半生》是有人物原型的,但不知是出于何因,我一看到他的故事,就觉得像是自己的。大概是想起我在2002年前后的漂泊史,总觉得,我那么努力,却根本不能左右自己的命运。个体的无助感,有时候在一个具体到利益或尊严的事件上会被主观放大,乃至于绝望悲观。

是这个人物在动荡时代的无力感打动了我,我用第一人称来写,包括起名字叫作《我的前半生》都试图制造一个在某个年代生活的"我"。这样的试验也有困难,就像我从未用过的一个大型号的毛笔,却在一张小纸上写字,那么布局是个问题,所以,我写了两个开头都浪费掉了。

整体来说,这篇小说写的是20世纪30至50年代的故事,故事中的道具摆放和环境搭建均有着浓烈的新鲜感,虽然增加了叙述的难度,却激发了我写作的动力。我觉得我正在一张新的宣纸上写下最新的内容。重要的是,小说中"我"的个体命运的浮沉,始终有着我在宣纸上挥笔时的陌生感。我写下旧时代的"他",同时也写下某个漂泊瞬间的我。

大抵如此。

之二：旁白，一种小说叙述方式

——中篇小说《海口七页》写作札记

我不喜欢对话。

总觉得日常生活里，我们的问答太多了，这些问答耗费了我们太多的时间。那么，文学作品里，我总觉得应该省去这些饮食般琐碎的对话。我承认，这是偏执症患者的症状。

我喜欢金基德的电影，他节制至极，在电影《空房间》里，男女主角几乎没有一句台词。也不是，好像有一句台词，女主角拿起电话听，然后啊地大叫一声。当时看电影时我就一直在想，可不可以写一个小说，从头到尾没有一句对话，然后又将矛盾制造得很紧张。

其实中国传统小说中的笔记体大多如此，没有对话，更多的是一种旁观和猜测。评书艺人说书时也是极少用对话。

电影里的旁白如果用得好，可以彻底解决好电影的叙事漏洞，就像一个小说的开始所引用的《圣经》片段一样,飘逸,有力量。

我曾经多次设想过用电影旁白的方式写一个短篇或者中篇,后来放弃了。因为如果想要用一个形式感很强的结构来写中短篇,则一定要找到一个非常朴素又扎实的故事。我一直没有找到。

但这并没有改变我对叙述的偏好。我想过用日记体写小说,但并不新鲜,中国白话文小说的第一部作品,就是鲁迅先生的日记体。我想过用播报新闻的方式写小说,就是那种比较死板的叙述方式,但仍然没有找到合适的故事。我甚至还想过用说明书、论文、求职信等方式写小说。

是的,小说和故事的唯一不同是,小说是一个看起来有气质的故事。而叙述方式或者说结构故事的方式,便是气质。

用书信写一篇中篇小说便是我当时一直琢磨的一种方式。书信,尤其是写给一个湿润年纪的女孩子,可以想象,那种种的内心储存都可倾倒在故事里,不用节制荷尔蒙,又不必担心故事推进的速度,只需要设计好收件人的身份、时间,以及故事的一些片段,就会非常有画面感。

其实,书信也是一种旁白的方式。如果拍成电影,书信通常不会由收件人读出来,而是由写信的人配画外音。

正是因了这样的设想,我决定用七封信写一个小说。为什么是七封信呢? 潜意识里,觉得七是时间的一个节点,每七天一封信的来回是非常恰切和符合日常逻辑的。又或者,当时就觉得“七”谐音“妻”。

小说的叙述样式有时候对小说是一种伤害,过于花哨或者怪异的叙事策略会让阅读者生出天然的抵抗情绪。那些常常轻视阅读者智商的小说家有好大一堆,相信大家都遇到过,他们名气大得吓人。即使如此,叙述的角度不同,仍然是一种加分行为。一个普通且庸俗的追女孩的故事,如果不用这七封信写出来,我相信,自己都读不下去。但是,用这样一种深情的旁白的方式结构出来,便让人有了想跳进陷阱般的小诱惑。

自然,我深知,这种小聪明的方式也只能偶尔用一下。但不论如何,这满足了我不用对话而写出一部中篇的虚荣心。

而这样的虚荣心,恰好被相好的杂志发表,并转载。这种种交织的好搁在一起,让我觉得幸福,一本正经受不了。

之三:精神生活的需求额度

——中篇小说《我们的精神生活》创作札记

看过一个精神病医院护士写的一本书,里面“展览”了好多种精神病患者的情状。

是的,精神病,这是一种和肉体病症截然不同的病症,它几乎触摸不到伤口。病菌伏在人的意识层里,这些病菌将病人的感官功能破坏,使得他们不再细腻地感知日常生活的滋味。噢,也有些病症会放大病人的某些感官,比如听觉,让他们的耳朵放大了整个世界的声音,于是开始整夜的失眠、焦虑,进而影响了对世界的判断。

精神的疾病显然和个体精神生活的失常相关联,而精神生活包括什么呢?

精神生活定然包括思维的乐趣,包括审美和判断,包括欢喜和忧伤。和日常生活中的其他片段相比较,精神生活是属于审美范畴的。

比如吃饭不是精神生活，但是，挑选吃饭的地点、搭配菜肴的营养便是精神生活。又比如劳动不是精神生活，而在劳动的时候为了避免合作上的失误而创作的劳动号子，甚至是为了指导后人少走弯路而记录下来的劳动手册，则属于精神生活的范畴。

然而，日常生活中，精神生活的需求度到底有多少呢？

这和人的劳动强度有关系，一个工厂车间里的工人的精神生活需求额度远远小于一个成绩不好的高中生。工厂的工人，加班至晚上 11 点，洗漱完毕以后，躺在床上，连回复女朋友信息的精力都没有，就被倦意打败，进入梦境。所以，这种长期没有精神生活的高枯燥度劳动，很快让人失去了对生活的热爱，让一个人的内心生活渐渐干涸，甚至枯萎。新闻不是报道过吗，有个别工人因厌世而跳楼自杀。自杀，自然是活着的意义消失。而意义的消失大抵是因为没有精神生活的填充，脑部缺少思维和氧气。

一个成绩不好的高中生，不喜欢在学习的氛围里被别的同学的学习成绩优越感比下去，逃课去网吧打游戏。这种过于充裕又无聊的时间让他的精神生活需求度无比大，但是，个人的审美能力不够，不能建构精神生活的意义，所以，他需求的精神生活的质量比较低。低端的精神生活像极了超市里的垃圾食品，虽然可以短暂充饥，却极有可能会破坏掉人类的味觉。于是，他们在越来越无聊的游戏世界里丢失了自己。

精神生活是日常生活的蛋白质,是日常生活的泥土里开出来的花,是营养,是音乐,是审美的总和。

我们不能活在一个没有精神生活的环境里。但同时,也不能活在一个过度需要精神生活的空虚里。

精神生活的需求额度其实还和精神生活的质量有巨大的关系。怎么说呢？同样是看电视,看肥皂剧便不如看自然科学更有利于更新个人的认知。同样是看书,看《故事会》的民工和看卡尔维诺的写作者自然也有着不同的审美区别。

我们对精神生活的需求度有着模糊的级差,仿佛在大众审美的层面积累得多了,会突然在精神上要求更高浓度的精神产品。一个有着良好阅读训练的人,才能看得下去米兰・昆德拉。一个对精神生活有着不断追求的人,才会突然明白自己之前的幼稚,才会试着去改变自己之前的做法。

当我们的精神生活一点点抛开浅薄,当一个人逐渐意识到自己的审美和修养在提高时,那么,他对精神生活的理解便有了不同。

好笑的是,在物质生活日渐丰富的当下,多数人对自己的精神生活并不敏感。不论是公司高管还是白领,不论是普通职员还是社会实践的大学生,越来越多的人被一个叫作“收入”的旋涡卷进去,他们以此为参照,忽略掉了生活中属于精神的方面。他们看中的是速度、积分、成效以及好评,而忽略的是信仰、公益、心情,甚至还有热爱。

是的，在看到一群从校园里走出来的孩子时，我常常想问他们，那么沉的书包里有你们最为热爱的东西吗？我相信，他们需求的不是热爱，而是必须要考出好成绩的一种结果。我自然理解学生们的苦衷，在举国皆看重分数的应试教育的格局下，我们没有办法指责某个孩子。但是，这并不意味着剥夺孩子们的精神空间就是对的。将学生们的内心简化成一套又一套数学题的答案，那么久了，学生们便成了精神生活的迷路者，他们热情地在卷子上做着题目，而对其他与精神生活相关的内容排斥着。直到有一天，他们发现自己被老师和学校欺骗了。

在看到电视里曝光某个贪污上亿资产的官员时，我也想走到他的面前问一句，你还有热爱的东西吗？我相信，他需求的不是热爱，而是贪欲换取到的浅薄快感。

我甚至也相信，贪官未必是坏人。他们用超出常人的能力，取得让人羡慕的成绩。他们有着别人无法追逐的光环，然而，他们在物质的堆积中，渐渐将内心里精神生活的空间挤走，只剩下功名和利禄。在他们精神生活的需求额度越来越少的时候，又或者是精神生活的质量要求越来越低的时候，他们会迷失在日常生活的欲念里，甚至污泥里。

精神生活的需求额度，是衡量一个人健康的标准。

阅读,旅行,思考,做公益,关心亲人,和好友讨论人生,写日记,不刻意地去帮助别人,关注社会的公平和正义,不冷漠,不骄傲,不清高,要有做普通人的能力。所有这些,都是精神生活的重要内容。

做一个善意无害的人,做一个内心丰富有着独立判断的人,那么你一定是一个精神生活需求适度的人。

之四：日常生活的出口

——长篇小说《女导游》后记

我有一年特别迷恋日本的一个电影导演，叫作北野武。他的电影好色、凶暴，但是，我一眼就看穿了他，他不过是一个孩子。果然，后来就看到了他的那部《菊次郎的夏天》，这部电影是一部绝好的散文，节奏和旋律都让人欢喜。我被这部电影感动良久，因为北野武用非常开阔的视野来诠释人性的单纯。

单纯是一件非常自然的事情，曾有一度，我热衷于拓展朋友们的观念和视野。我抛出的观点无非是一些被道德所贬抑的事情：婚外的感情或许更真挚，身体的信任和融化才是最高尚的。这些观点在去道德的语境下，可以深入探讨。

从事写作以来，我最大的困惑从来都不是文字和阅读，不是这些，而是将最为尴尬和黑暗的东西一一拆解，这在现实的中国显得极其困难。

写人生的暖意和光明相对比较容易发表,然而,日常生活并不都是喜悦。

我喜欢人性中并不确定的东西,那些正直的、大义凛然的、道德感极强的东西,我会产生怀疑。之所以如此不与生活合作,我有说不完的依据。报纸新闻里那个做好事的人,他并不是完人,极有可能是一个潜逃的杀人犯。而因为情人举报而被媒体曝光的某个贪官,现实生活中或者是一个能力极强的人。我反对单方面放大人性中的某个侧面而将人的其他方面遮蔽。

文学作品自然要挖掘人性缝隙里的亮色,但绝不能忽视人性中暗淡的元素。比如,日常生活中的我们是孤独的个体,那些漂亮言辞下修饰的自己有时候并不可靠。所以,我常常很容易就原谅了那些有瑕疵的人。

欲望是关于身体饥饿的另一个称谓,我从不认为一个男人或者女人从一而终就是单纯,一切都应该是自然而然的。不论在生活中我们有多么多的亲人,比如父母,比如有了肌肤亲密的爱人,但这些都是独立存在的他者,他们并不能改变我们内心的孤独感。

性是一种食物,尤其是对于男人而言,它是去道德的。唯一可以谴责的,是在打开自己身体的时候,一定是自然的。

我的这些观点,一点儿也不新鲜,当我看到《三诗人书简》里的茨维塔耶娃时,我才惊讶于这个世界上早就有了我认为的这种人,而且,她是一个女人。她有恩爱的家庭,长得帅气的埃夫隆,同时,她又和与她同龄的帕斯捷尔纳克在书信里热恋。当帕斯捷尔纳克介绍里尔克和她相识，她很快又陷入里尔克秋风落叶的萧瑟诗意里，情不自禁地对里尔克说：我想和你睡在一起。我相信每一个读过茨维塔耶娃情书的人都会被她单纯的爱意打动。是的，一个女人将自己的内心切分成三份，分别给了世界上三个优秀的男人，这又为什么不可以呢？

日常生活里，每一个孤独的人都需要出口。我在中篇小说《方向感》里，试图呈现一个复杂的生活现场，我想制造一个混乱的生活现场。那些在道德秩序里变得糟糕的日常生活，如果没有合适的出口，只能形成一个没有答案的数学题。具体到一个叫作"黎静"的海南女人身上，那便是失去了《方向感》。

本来，我是愿意在小说里给小说人物找到一个方向，但是，很遗憾，在写作过程中，我过于融化了，在故事的某个细节里不能自拔。直到小说结束，我才发现，我好像并没有找到那清晰的方向。不过，我没有气馁，因为，我努力了。

之五:小说是日常生活关键词的筛选

——关于长篇小说《女导游》答《深圳晚报》记者崔华林问

赵瑜老师您好！我是崔华林,《深圳晚报》记者。一个下午读完您的《女导游》,有惊喜、有熟悉、有疑惑,您的其余作品我还未拜读,就冒昧跟您提问,诸多不到位之处还请见谅！

记得我第一次去海口,就是 12 月,在海口博物馆门口的石凳上坐着给朋友写明信片,风很大,明信片吹散了一地。自此记得,海口的冬天,风很大。但海南的清补凉是别的地方再也吃不到的美味,以至于我每次下机场的第一件事和去机场前的最后一件事都是吃一碗清补凉。我很喜欢那里(嘻嘻,好像说多了)。

以下是我对《女导游》的一些理解和困惑,届时拟整版刊登,字数在三千五百字左右,给您参考。

我多次去过海南,很喜欢那里,所以书中的地点,三亚湾、森林公园、解放西路、明珠广场、万绿园、火山口等,还有清补凉,读起来都有很强烈的熟悉感,似乎有点像是您心中的海南岛地图。看得出来,您很喜欢海南岛。但真正打动您写作这样一部城市小说的机缘是什么?

赵瑜答:在海口住了几年以后,发现自己渐渐被海口的空气启蒙。每一次回到北方,身体会报警,变敏感了,无端地对空气质量、天气的干燥度或者月光的浓度,都有反应。就想,在这样一个美好的地方住了这么久,我并没写过一篇小说。就开始有创作的计划。一开始是想写海南的食物,名字都拟好了,叫《海口食货志》,挺有野心的写作计划。然而,后来发现,虽然我吃过了全部的海南的食物,却因为语言的障碍,我并不能深入每个海南家庭。那么,我如果写一个长篇小说,所着重要描述的主人公说普通话,吃大陆的食物,这必然会被读者笑话。尽管我搜集了不少的资料,但我还是放弃了。后来,我也想过写海南的移民生活,因为我本人就是一个移民。但是移民仍然要对比本地居民才行。所以,犹豫不决着,又放弃了。直到有一次在网上遇到一个写导游日记的女导游,她是海南人,也就是小说中洋葱的原型。我看了她大量的日记,并通过她采访了一些女导游,认识了80后的女导游淘气的原型人物,才有了动笔写的动力。

接着上一个问题,您在书中呈现了诸多景点,但幸运的是,您并没有局限于此,反而用大篇幅笔墨去描述了海南岛上的少数民族——黎族人的婚礼习俗。您为什么会对此感兴趣,或者说将此呈现给读者的用意是什么?

赵瑜答:我是想描述我所看到过的海南岛,以及我所想象的海南岛。我所看到的,我基本上都写了出来。比如自然风物的美好。而我所想象的海南岛,比如黎寨,以及婚俗,均是虚构。黎寨我们去过,但还有很多偏僻未开发的黎寨,我们没有去过。所以,我就在小说里虚构了出来。这样呈现,自然是丰富一个地域的文化。海南岛一定分为两个,一个是游客单调路线走过的,另一个则是藏着的海南岛,在安静的乡下或者山里。写女导游这样一个群体,本意就是要全面展示海南的风物,以及作为观看者的她们自己的情感生活和审美。

您对导游这一职业的理解很有趣,“向别人挖掘自己的过程”。但是具体到这本书,虽然宣传语强调的是女导游的“在路上”,但内容大多都是在海口、三亚,甚至大量集中在一个叫作普鲁斯特的咖啡馆里,并没有太多在路上的风景。您为何还要用“女导游”这一群体来切入描写?

赵瑜答:在写作《女导游》之前,我就有几个设定:第一,我不会将此书写成“女导游应急一百招”。第二,我不会将此书写成海南旅行手册。所以,这部《女导游》更多的是写作为女人的三个女导游的情感和职业生活。虽然我写她们坐在咖啡馆里,甚至是躺在按摩院的床上，但是，其实这只是叙述设置，我让她们在咖啡馆里说的内容，依然是在路上的故事。在路上，不一定非要在路上带着团队，那非常单调和庸常。而我着重要表述的是这样一个职业背景的女性，因为所接触的人比普通职业的人要多，她们是如何破解生活中的疑难问题的。这就是我为何要写女导游。

写60后、70后、80后三个依次相差十岁的女导游，却是彼此最好的闺蜜，这样的安排我觉得显得过于刻意，甚至有点不太理解一个80后未婚女人怎么可能跟一个比她大二十岁、只比她妈妈小几岁的女人做闺蜜。但后来觉得，小说嘛，没有必要要求真实性。

赵瑜答：有些职业是跨越年纪的，比如导游，比如收藏，比如车友俱乐部，比如球迷，等等吧。这些职业和年龄无关，和路线、饮食爱好等等有关系。如果是一个普通的职业，比如教师、比如公务员等，可能会在意年龄以及代际差异。

我知道有的作家为了作品的丰富性或真实性，会去到小说题材的环境里采访搜集素材或者实地体验，您在写作这部小说时做过哪些方面的工作？

赵瑜答：关于海南的风物，我没有急着搜集，这些年在海南吃过的食物，我写了出来；去过的地方，我写了进去；见过的女人、听过的故事,我也差不多写了进去。唯一需要体验生活的是听女导游说话,熟悉她们说话的语气、走路的姿势,熟悉她们的日常生活。虽然我不会如实写下她们的细节,但是,我要非常熟悉她们的这些言说背景,才能做到在写她们的时候,让人觉得是真的,而不是假的,编造的。

书中有一章《海口七页》,是七封情书,很有意思,每封信都有一种水果。也看出来您对情书的某种偏爱,您在小说中也提到沈从文、鲁迅的情书,猜测大概跟此有关。在那七封信里,看到了您的影子,包括童年的经历、写作之初的道路、对男女间感情和人生的见解。但是从小说的情节来看,这七封信又似乎显得不那么重要。我好奇的是,您如此安排的原因是什么?

赵瑜答:这七封信将一对男女从第一次见面,到熟悉,到热恋,写得基本完整。这七封信也从另外的视角,基本描述了淘气是一个什么样的人。如果拍电影的话,前面对淘气的拍摄角度一直是跟踪的,而这七封信是偷拍的,是别人眼中的她,而不是她眼中的世界。我如此安排这样一个章节,是因为我对小说结构的一些痴迷,我不喜欢老老实实地讲述一个人的经历,那样会让读者觉得有审美疲劳。还有就是,这部长篇本来就是一种百科全书式的写作。我不仅用了书信,还用了对话,用了电话记录,用了章程,用了备注,等等手段,都是打破叙述的流畅及连贯,有意制造阅读陷阱。

我不希望将一个日常生活的小说写得过于通顺,那样给读者留的印象就是故事本身,而不是故事以外的思考。同样,这里面夹进去的我的个人史,也是故意迷惑读者,甚至是制造阅读陷阱。让读者觉得掌握了作者的隐私,有一种猜中谜底的快感。其实不然,是我有意这样玩一下。

书中的主要人物是60后、70后、80后三个女人,您作为男性视角,如何把握不同年龄女人的心理,并将之细腻呈现?

赵瑜答:男人写女人有先天的优势,因为男人写女人没有代入感,只有旁观感。我写60后的女人,会将身边所有的60后的女人的印象做综合,70后及80后也是一样的。细腻呈现,其实是写作者的基本功。有一个知名作家说过一句话,大意是,如果你写一个妓女,一定要写出她的叫床声。这个比喻可能有些出格,但大概说出写作的共性。不论是写女人,还是写男人,贴着人物写,慢一些进入,切片一般呈现,这是我的基本做法。

还有一点好奇,书中的70后洋葱,这个人物塑造得似乎略显单薄,更多看到的是60后黎静婚姻失败的情感经历和80后淘气对爱情的追逐,这两人的感情观形成冲撞。您作为70后作家,为什么对洋葱这个角色或者70后对感情的态度“选择性忽视”?在您看来,70后对待感情的态度是怎样的?

赵瑜答:书中关于70后洋葱的略写,是有意为之的。本来书的结构是这样设计的:三个女导游,每一个女导游三个故事,分别是危机、处理、结束。但是写完60后的黎静,我改变主意了,一是觉得这样写的话结构没有创意,再则是,有些章节比如《寮房》就没有办法写了。结构的变化,随之带来人物的详细与简略。70后的女导游我最熟悉,即使要写的话,我也会避开我熟悉的朋友,这样的熟悉其实增加了写作难度。所以,我选择略过她的个人故事。只让她在60后和80后之间牵线。在我看来,70后对待感情的态度,更倾向于和80后接近,70后接受的意识形态较为传统,但是对身体的管理成熟期基本上在1990年以后,那个时间的中国已经开始高速发展,人的道德的紧张感发生变化。所以,70后一代人的道德观整体上适中,传统与开放各占一半。而作为女导游这样一个从业者,因为情商较高,所以,70后的洋葱是一个感情开放的类型。这一点在小说中,也偶有涉及。

虽然全书以三个女人为题展开导游故事,但您的想法却是透过女导游遇到的男人视角传递出来,比如林非凡离婚时的心理、诗人给小渔写的信件等,我读到的时候也有点震撼:您在怀疑一些似乎被公认为道德准则的东西,那些准则跟人性或人体本能之间的冲突。这一点我觉得还是很大胆的写作。就像之前我采访过茨维塔耶娃诗集的译者,谈到茨维塔耶娃时所提到的一样。不知道我的理解是否跟您的写作初衷有偏差?

赵瑜答:女导游这样一个群体,在世俗想象里,她们所面临的道德压力比我的小说里的人物要大。从这一点上来说,《女导游》所写的三个人物低于生活。但是,我从女导游自身和他者两个角度来写,便弥补了小说人物的生活环境的单纯和虚假,让她们既生活在自己的视角和内心里,也同样生活在她们的爱人的视角里。这样的做法使得小说人物有落地感,接地气。至于我在小说里试图突破的道德准则,我觉得这不是一个大胆的做法,这只是一个正常的普通的判断。不是我大胆,而是大家生活的社会环境太虚伪。

您之前的作品,都是“小”字开头,《小闲事》《小忧伤》,看得出来,您对细节或小事情切入的重视,不过我在阅读这本书时,也看到了某种宏观的社会现实,或者说是看到了某种揭露或反讽,比如幸福村的打造,黎静想要申请协会的经历,等等,这些都很写实,有很强烈的现实性。很多作家都说,中国正在经历着巨大变化,给了他们写作取之不尽的题材,对于您来说,也是这样吗?

赵瑜:我之前写小说一般不接触现实,我怕离现实太近,会短视,会讨好现实,甚至会因为过于批判,而显得缺少文学意味。这一次写《女导游》有意做了一些现实主义的尝试,觉得尺度掌握得还算得体。这给我接下来要写的中短篇小说铺了基础。中国这些年发生着巨大的变化,速度也触目惊心,这些变化或多或少地会影响我们的内心。作为小说家,需要描述的是个体内心的变化。但如果说这变化给写作者带来取之不尽的题材,我觉得不尽然。写作者尤其是小说家需要慢一些对现实发言,如果现实不硌痛我们,我们不必去写,如果现实硌痛我们了,我们尽量要等伤口结了疤,再去平静地叙述。这是我对写作与现实的看法。

总体读下来,我直观的感觉是这本书的形式感很强,会让我跟西方小说产生联想,但碎片化,严密性不够,不知道您在写作时是怎么考虑的? 西方文学是否更多地影响了您的写作呢?

赵瑜答:中国在很长一段历史中,"写什么"非常重要,而"怎么写"却并不关心。所以,造就了一大批硬写的没有才华的作家,很可悲。而小说叙述的技巧上,西方的确已经非常完美,我读了不少西方的文学作品,并从中受益。比如,我喜欢米兰·昆德拉、卡尔维诺,这些人都不负责完整的故事,却并不妨碍他们写出了完美的小说。格非有一个关于小说的讲座,说得非常好。完整地将故事按照时间先后顺序写出来,那不叫写作,那叫讲故事。小说只需要将故事的四分之一写出来就行了。但是,你写四分之一的时候,时刻要想着,我写的是一个完整的故事。这,就是叙述的技巧。所以,小说的阅读需要训练。这样说并不是说小说家写得大家看不懂就好,而是说,一种好的叙述,让本来平淡的故事有了丰富的意味。所有的审美活动差不多都是这样。

关于70后的作家写作，一直存在着“断层”的批评，50后、60后占据文学地位，80后占据青少年市场，您作为70后作家的一员，如何看这样的声音？

赵瑜答：70后这一代人的确生活在一个平庸的时代。因为我们没有赶上80年代末90年代初的“文学热”的尾巴。但是，细想一下，80年代的中国是一个并不正常的氛围。那个时代的人们获取信息的渠道太少，文学既是审美，又同时兼做了信息传播甚至是社交媒体的功用。相比较而言，当下的中国反而是一个正常的时代。尽管我每天也为大家都不读书了感到悲伤，但是，正常的时代不都是这样吗？只有缺少图书的时代，人们才会争着读书。正常的时代，写作者就是一个寂寞者。相比较50后、60后的大师范，相比较80后的商业成功，我对70后最有信心，有一些成熟的70后已经跳跃而出，我相信这一拨人会走得越来越远。因为这一拨人经过了长时间的生存挤压，以及市场挤压，他们有大量的阅读实践，也有成熟的人生观和价值观，唯一缺少的，就是用最美妙的方式，将这个时代用文学的方式记录下来。如果做得到这一点，这一代人就成功了。

您的书很多都是关于情感主题的，包括《小闲情》写鲁迅的恋爱故事,《六十七个词》讲述一个城市孤独男人锦一的爱情故事,您以后的写作还会继续聚焦于此吗?

赵瑜答:写作和年龄有逆反的关系。比如,年轻时,越是感情经历单薄,越喜欢写爱情。到了一定年纪,慢慢地有了更多的感情经历时,会渐渐没有表达的急迫感。所以,写作的变化和心境关系密切。我下一部作品计划回到我的20世纪90年代,记录一下我的青春期。这么着急怀旧,是怕自己老得快,以后没有耐心描述自己的青春。而且,沉淀了这么多年,再写自己的青春,会有疏离感,也会更深情。

后　记

最短的，或者最丰富的途径

三十岁以后，常常会发现自己喜欢的东西渐渐少了。阅读也不大喜欢虚构的东西了，对有技巧的所有事物都充满了警惕，觉得那些靠时间和耐心积累的技术都充满了让人生枯燥的匠气。正由于此，我写了大量的散文，试图用个人史来记录这个时代的灰尘或光泽。但无济于事。一个进入城市的乡下人，被物质压迫得四处奔走，哪里会有思想的锋芒，不过是写一些小闲事和小忧伤，小呻吟一下而已。

直到去年有几个月闲暇，我在鲁迅文学院遇到了几个人，他们是：卡佛、卡尔维诺、麦克尤恩、奥康纳、福克纳，我突然又喜欢上小说了。我意识到，我之前对小说的认识太肤浅了。我十分怨恨米兰·昆德拉，这话说起来仿佛有些矫情，但是他误导了我，让我觉得，写小说不就是一件强奸阅读者的事情吗？我写到哪里，读者就要跟到哪里。

然而小说像植物，有不同的生态和习性，我只是食用了其中的一枝。我看到二十四岁的卡尔维诺在《通往蜘蛛巢的小径》中用一个固定的视角打量一场战争，一个孩子的视角像一个固定在某个时间深处的摄像镜头，它不断地拉伸、放慢，让我知道，小说的叙事不一定全知全能，不一定像中国民间传说一样充满了逻辑上的荒诞，而是那么贴着一个孩子的眼睛，和他一起看着这个世界，和他一起欢喜或悲伤。

我还看到热爱喝酒的小说家卡佛，他像是一个裁纸爱好者，他的每一篇小说都像是将一部完整的作品剪掉了一个角。没有看卡佛的作品之前，我总是以为小说和新闻一样，总是要有几个 W。然而，卡佛完全不顾这些，他更像一个摄影师，对现实生活摁下快门，然后呈现给我们看。卡佛的小说不过是一帧又一帧的照片。卡佛是我见到的唯一一个做减法的小说家，这大概和他热爱喝酒有关系，要么是喝醉了酒，忘记了交代故事的前因后果，要么就是为了赶赴朋友的酒会，紧张地将一件事情写完。总之，他大量留白的写作方式，像极了城市生活中忙碌不堪又常常失忆的我们。所以，他的作品一出，便引发城市中产阶级的文艺男女的热捧。

自然还有奥康纳隐藏在小说里杀人不止的有趣，以及麦克尤恩诗歌一样华丽的语言。小说在这些人的笔下突然就成了迷人的景致。我不得不承认，我在看每一篇好小说时，都有立即出发的冲动，一边看，一边在心里暗暗地说，我要写小说，我要写小说。

早些年，我对小说一窍不通，却写出几个长篇，一想到我最初的小说写作，我都会想到一个孩子捉迷藏时遇到了其他的事情，便忘记了最开始的游戏。是的，我的长篇小说写作经验全部来源于对米兰·昆德拉的阅读，他告诉我，小说就是带领读者去找一个东西，但是在半路上，也可以停下来，顺便看看其他好玩的事情。

然而，对于一个普通写作者，如何在路上不被其他风景诱惑，这简直太难做到了。

只有在写中短篇小说的时候，我才发现自己的弊病，是的，我太喜欢路上的风景了，故事行进中的停留，其实就是对小说的伤害。除此以外，还有小说的结构。我以前一直忽略这个词的药用价值，认为小说不就是将男人带到女人面前，让他们说话、误解、争执，最后或者相爱或者相憎。然而，当我熟读一些技巧娴熟的作品以后才知道，故事并不是最重要的，如何讲述这个故事，才是最重要的，而如何讲述便是小说的结构。小说的结构让我想到一种内容躲藏在里面的水果，比如北方的石榴、南方的榴梿。若是不能掌握好技巧，便不好剥开。如果有一个好的切入口，那么，这种水果，便很容易一瓣一瓣地取出。小说也是一枚未被切开的水果，只有找到那个最为合适的位置，一刀下去，不费力地便将故事展开。

语言是小说的衣服，而故事的留白处理才是小说的高潮。小说和故事不同之处,便如同用一个相机对着一个湖泊拍照。拍下整个湖泊只是将故事说出来;不停地调整景深,选择取景框里的构图,注意突出特写部分的比例,注意天地的留白,这个时候按下快门,那么,定格后的湖泊照片,这才是小说。

小说是从一个完整的故事里选取一帧或多帧照片。

这样轻描淡写地将一个接近小说本质的话说出来,其实也是一种对小说的逃避。按下快门的那一瞬间,我才明白,我并没有找好最佳的构图比例。

在小说的实际操作中,我相信有不少人对自己的叙述能力产生怀疑,明明一万字便可以完成的一个短篇,可写了八千字故事的转折还没有进行,至少我多次遇到过这样的情形。进入得太慢,就像在拍摄照片的时候没有对准焦距,那么所要表达的主题定是模糊的。可是,为什么就不能等焦距定下了再按下快门呢。是因为太着急下笔了,没有在虚拟的空间里建筑好自己的故事,没有找到第一块砖石摆放的位置。一块砖摆错了,必然会株连到后面所有情节的进度。

我试过将同一个故事换作另外的开头,发现原来的开头错了,只需要换一个开头,我便顺畅地将所有的人物和情节捋顺。与此同时,我有一种找到小说钥匙的惊喜。虽然是无意中找到的,但这的确给了我暗示:以后写作,我一定要找好开头,找好焦距,找好语言,找好视角,找好留白的空间……

说到底,在中国当下,谈论小说,一定是谈论一种与叙述技巧有高度关联的文本。而这个技巧,其实就是指写作者要找到的那个最短的路径。如果小说是从一棵树到一栋楼房那里,路过一辆汽车,还有一池水,那么,写作者要做的事情是,从树下出发,路过汽车不看,路过池水也不看,径直奔向那栋房子。

小说最丰富的内涵不在于我们描述了很多东西,而在于我们隐藏了很多东西不去描述,让读者去往各个方向猜测。那才是最丰富的一种表达。

而我一直在这样的路上跋涉着,我希望努力地找到每一部小说的钥匙,用我的文字打开它,呈现它。